2023
Moon Yun-Sung
Science Fiction
Award

문윤성 SF 문학상

중단편 수상작품집

2023 ● 제3회

지동섭 짐리원 고하나 임민규 민세원

아작

차례

대상

물의 폐

지동섭

감시초소를 빠져나오자 키틀의 뺨에 제법 서늘해진 바닷
바람이 스쳤다. 잔잔한 파도가 모래톱에 가 닿았다가 썰물을
따라 멀리 빠져나갔다. 키틀은 나무 계단에 앉아서 먼바다 쪽
을 바라보았다. 저녁 어스름이 깔리면서 수평선은 점차 짙은
푸른빛으로 물들었다. 나지막한 파도 소리 틈틈이 거품날치
들이 첨벙거리며 날아오르는 소리가 들려왔다. 어둠 속에서
갈고리군함새가 날카롭게 우짖었다. 낮 동안 염습지에서 벌
레로 끼니를 때우던 군함새는 바다 위를 맴돌며 만찬을 즐길
채비를 하고 있었다. 가을이 오기 전에 거품날치들은 레이보
스의 만(灣)을 떠나 따뜻한 해류를 따라서 남쪽 바다로 이동
하였다. 이제 간조에 이르자 목숨을 건 기나긴 여정을 시작할
참이었다. 그들 조상이 매년 그래왔던 것처럼.

키틀이 라미하를 처음 만났을 때 라미하는 키틀에게 거품 날치가 밤에만 이동한다고 알려주었다. 키틀이 물었다.

"거품날치는 어떻게 가야 할 방향을 알죠? 별자리를 보고 가는 건가요?"

라미하는 키틀의 생각이 재밌다는 듯이 크게 웃어 보였다.

"창의적이시네요."

따라 웃지 않는 키틀의 표정을 보고서야 그 질문이 우스갯 소리가 아니라는 걸 라미하는 알아차렸다.

"저는 물고기가 별을 볼 거라는 생각은 한번도 해본 적이 없어서……."

호기심에 찬 키틀에게 라미하는 거품날치의 생태를 차근차 근 설명해주었다. 어떻게 바닷물의 온도 변화를 감지하는지, 머릿속에 있는 부위로 어떻게 자기장을 인식하고 가야 할 방 향을 가늠하는지를. 하지만 왜 거품날치가 밤에만 이동하는지 는 정작 라미하도 모른다고 했다.

그 인터뷰가 있고서 한참 세월이 흐른 뒤에 그들이 다시 만 났을 때 키틀은 라미하에게 똑같은 질문을 했지만, 여전히 라 미하는 거품날치가 밤에만 이동하는 이유를 알지 못했다. 그 러나 라미하는 예전에 키틀이 했던 질문을 기억하고 있었다. 그리고 키틀이 레이보스에 정착하기로 결정한 날, 라미하는 키틀에게 조심스레 고백하였다. 그 인터뷰 이후로 가을밤마다 바다가 아닌 하늘을 바라보게 되었다고. 키틀은 라미하의 곁 에 남아서 여태껏 별 사이를 오가며 만났던 기이한 사람들의 이야기를 들려주기로 했다.

어느덧 보름달이 떠 있었다. 거품날치들의 날개에 환한 달빛이 비치어 마치 밤하늘로 솟아오르는 별무리처럼 아른거렸다.

'반짝이는 별을 바라볼 적에 나는 우주와 미래에 새겨진 음표를 떠올렸지. 어딘지 모르게 닮아서 우린 맞잡고…….'

키틀은 자리에서 일어나며 조그맣게 흥얼거렸다. 그러고는 라미하가 있는 감시초소로 돌아갔다.

키틀과 라미하는 달빛에 의지해서 바닷가를 유심히 살펴보았다. 거품날치들이 떠난 자리에는 날치 둥지만이 덩그러니 남아서 물결을 따라 떠다니고 있었다. 희끄무레한 둥지가 해파리처럼 흐느적거리며 움직일 때마다 그 주위로 야광조류가 푸른빛을 냈다. 키틀과 라미하는 둥지가 흩뿌려놓은 푸른 자국들을 쫓았다. 그 흔적을 쫓는 사람은 그들만이 아니었다. 이따금 인근에 사는 어부가 몰래 이 보호구역까지 들어와서 날치 둥지를 훔쳐 가곤 했다. 최근 들어 레이보스로 돌아오는 거품날치의 개체 수가 눈에 띄게 줄어들자 날치 둥지의 개수도 함께 적어지면서 불법적으로 둥지를 채취하려는 시도가 잦아졌다. 키틀과 라미하를 비롯한 보호구역의 감시자들은 거품날치가 알을 낳으려 해안가로 모여들기 시작하는 시기부터 밤마다 날치 군집을 지켜보았다.

거품날치는 평소에 대양 한가운데서 살다가 산란기가 되면 해안가로 몰려와 짝을 찾고 알을 낳는다. 산란 준비를 마친 거품날치는 아가미에서 특유의 거품을 뿜어내는데, 거품은 서로 엉겨 붙으며 그대로 굳어서 미세한 공기주머니로 가득 차 있는 둥지가 된다. 그물망의 골격이 공기 방울을 감싸고 있는 구조로 되어 있어서 둥지는 물에 뜰 정도로 가벼우면서도 단단한 강도를 유지할 수 있다. 무더위가 시작될 무렵이면 반투명한 둥지가 하나둘씩 모여서 마치 안개가 낀 것처럼 바다 위를 뿌옇게 뒤덮는다. 둥지는 갈고리군함새의 부리로도 뚫을 수 없을 정도로 단단해서 어린 날치들은 다 자랄 때까지 둥지 아래에서 안전하게 한 철을 지낼 수 있다.

라미하가 거품날치를 연구하게 된 지 얼마 안 있어서 거품날치의 둥지는 우주선에 쓰일 단열재의 원료로 주목받기 시작했다. 둥지는 가볍고 단단할 뿐만 아니라 골격 사이사이에 있는 구멍들에 들어찬 공기가 외부 열에너지의 전달을 막아주어서 높은 단열성을 보였다. 사람들은 이 천연 에어로젤의 잠재력을 알아보고는, 둥지를 가공하여 우수한 성능의 단열재를 발명해냈다. 그리고 이 가벼운 소재로 우주선을 만들어서 더 적은 에너지로, 더 멀리 나아가려 했다. 그때부터 레이보스의 어부들에게 거품날치의 둥지는 우윳빛의 무용지물이 아니라 바다 위를 유유히 떠다니는 황금이 되었다.

키틀이 목에 걸고 있던 키푸에 손을 가져다 댔다. 라미하는 기대에 찬 눈으로 키틀을 바라보았다. 본래 초음파로 대화하는 무이젠인은 다른 종족들과 소통하기 위해 인공 성대인 키푸를 발명해냈다.

"오늘의 이야기는 말이야."

키푸에 달린 여러 끈이 키틀의 목소리를 따라서 찰랑거렸다. 끈에 달린 금속제 매듭들이 부딪히면서 초음파의 진동수를 조율하였다. 라미하의 가청음역대에 다다른 키틀의 목소리가 다소 낮게 들렸다.

"은하정거장의 유실물 관리자인 여운 씨가 들려준 이야기야."

라미하는 가본 적 없는 은하정거장의 모습을 상상하기 시작했다. 매듭이 만들어내는 음파가 라미하의 귀를 통과하여 새로운 세계로 라미하를 데려간다. 성간통신기지가 있는 소행성대가 아니라 그 너머 광활한 우주 한가운데 떠 있는 은하정거장. 소행성대에서는 보기 어려운 갖가지 천체들이 캄캄한 공간에 점점이 흩뿌려져 있다. 정거장의 내부로 들어와 있는 라미하는 창밖을 한번 바라본다. 어릴 적 보았던 레이보스의 밤 풍경이 이런 모습이었다고 라미하는 생각한다. 그 시절 레이보스에는 아주 적은 사람들만이 살고 있었다. 밤바다를 등지고서 마을을 바라보면 어둠 속에서 가물가물한 불빛들이 그곳에 사람들이 살고 있다고 말해주었다. 그때에는 보호구역도, 감시초소도 없었다. 어느새 키틀이 라미하 옆으로 다가와 있다. 키틀은 자연스럽게 정거장의 복도를 거닌다. 라미하는 키틀을 뒤따라간다. 복도 한편에서 무이젠인 무리가 인공 성대 없이 대화한다. 우주 이곳저곳에서 온 사람들이 각자의 언어로 떠들며 라미하와 키틀 옆을 스쳐 지나간다. 라미하를 제외하고는 그 누구도 창밖을 바라보지 않는다. 그저 홀린 듯이 우주 한가운데로 와서는 또다시 어딘가로 떠나기 위해 분주히 움직일 뿐. 그리고 저들 중 누군가는 이곳에서 무언가를 잃어버리고야 만다. 떠난 사람은 그 후로 영영 돌아오지 않아서 자신이 어디에서 무엇을 잃어버렸는지조차 알지 못한다. 남겨진 물건들이 유실물 보관소에 차곡차곡 쌓여간다. 그런데도 저들은 아랑곳하지 않고 쉼 없이 오간다.

유실물 보관소에 가려면 여기서부터 계단을 내려가야 해.

키틀이 라미하에게 말한다. 아니, 함께 했다면 그렇게 말했을 거라 상상했다. 잃어버린 것들은 왜 항상 깊숙한 곳에 감춰져 있을까. 라미하는 그런 궁금증을 안고서 키틀과 함께 지하로 내려간다. 계단 끝에는 새하얀 문이 그들을 기다리고 있다. 공기 빠지는 소리와 함께 문이 열린다.

"여운 씨는 내가 인공 성대로 말하는 걸 보더니 어느 유실물에 얽힌 기묘한 이야기를 해주었어. 그 유실물의 주인도 나처럼 초음파로 말하는 종족이었다면서 말이야."

"그런데 여운 씨는 어느 행성 출신이야?"

"지구인이라고 했던 것 같아."

라미하는 처음 듣는 이름의 행성을 상상했다. 지구는 은하계 어디쯤 있는 행성일까. 지구의 밤은 얼마나 빨리 찾아오는지, 그곳에도 바다가 있는지, 추위를 몰고 오는 바람이 주기적으로 부는지, 그리고 해마다 되돌아오는 물고기와 바닷새가 살고 있는지. 라미하의 머릿속에서 질문이 꼬리에 꼬리를 물고 이어졌다.

하지만 이제 라미하는 키틀과 함께 유실물 보관소 한편에 의자를 놓고 앉는다. 반대편에는 여운이 앉아 있다. 키틀이 목에 걸고 있던 키푸를 만지작거리자 여운의 눈이 커진다.

만나서 반갑습니다. 저는 인테라 알라코니 사에서 나온 키틀입니다. 오늘 인터뷰에 응해주셔서 감사합니다.

키틀은 상대방에게 자신을 소개한다, 라미하를 처음 만났을 때 인사했듯이.

안녕하세요, 키틀 씨. 저는 유실물 관리자 여운입니다. 보다시피 은하정거장에서 잃어버린 물건을 찾아드리는 일을 하고 있습니다.

여운은 유실물이 빼곡하게 들어찬 선반들을 가리킨다.

그런데 키틀 씨는 초음파로 소통하는 종족이군요.

키푸의 기능을 알아본 여운에게 키틀은 자신이 무이젠인이라고 소개한다.

아, 그렇군요. 저도 초음파로 말하는 또 다른 종족을 알고 있습니다.

물론, 처음 만나는 사이인 두 사람은 다짜고짜 이렇게 대화를 주고받지 않았지만 키틀의 말을 따라잡기 위해 라미하는 많은 것을 생략했다.

"그래서? 그게 누군데?"

"흐발투족이라는 수생종족인데, 그게 말이지…… 이미 멸종됐어."

"어쩌다가?"

"글쎄 나도 정확히는 모르지만 살고 있던 행성이 폭발했대. 그때 아주 소수만이 살아남았는데, 혹시 외계종족보존연맹이라고 들어봤어?"

"들어보기는 했어. 우리처럼 위험에 빠진 종을 지키는 사람들 말이지?"

"그 사람들이 흐발투족 사람들을 구출해냈어. 아주 일부이긴 하지만."

"그 흐발투족 사람이 물건을 잃어버린 거야?"

"여운 씨의 말로는 유실물을 찾으러 온 사람은 흐발투족 사람이 아니라 그 외계종족보존연맹의 요원이었대. 그 사람이 물건을 찾으러 왔을 때는 흐발투족을 구출한 지도 한참 지나서였는데, 그때 흐발투족은 모두 이 세상에서 사라지고 난 뒤였다는 거야. 그 물건의 주인은 흐발투족의 마지막 생존자였대."

"그러면 그 흐발투족은 두 번 멸종을 겪었다는 거야?"

"그런 셈이지. 여운 씨도 그 요원에게 똑같이 물어봤대, 원래 주인에게 무슨 일이 있었냐고. 요원은 자신들의 잘못이라면서 크게 자책했어. 자신들이 흐발투족을 도와줄 방법에는 한계가 있었다면서. 그 사람은 여운 씨에게 흐발투족이 초음파로 말하는 종족이라는 걸 강조하면서 말했어. 연맹이 제공해줄 수 있었던 건 좁은 수조뿐이었다고. 그리고 그 호의가 오히려 문제가 될 줄은 몰랐다면서 말이야."

키틀은 말을 멈추고서 키푸에 달린 끈을 매만졌다.

"무슨 일이 생긴 건지 알⋯⋯."

키틀이 끈 몇 가닥을 손에 쥔 채 말했다. 끈에 달린 매듭이 제 역할을 하지 못하자 그의 마지막 말이 허공으로 흩어졌다. 그러나 그 말은 곧 라미하를 향해 되돌아와서는 마음속에 큰 파문을 일으켰다.

라미하는 다시 인터뷰 현장에 가 있다.

알 것 같네요. 흐발투족이 결국 사라져버린 이유를요.

키틀은 슬픈 눈빛으로 여운을 바라본다.

키틀 씨는 바로 알아차리시는군요. 좁은 곳에서 초음파는 되돌아오니까요.

갑자기 유실물 보관소에 물이 들어차기 시작한다. 가벼운 것들, 이를테면 탁자 위에 놓인 입체 영상 기록기와 공용어 번역기 따위가 물 위로 떠 오른다. 유실물이 놓인 선반도 물에 잠긴다. 물건들에 물이 스며든다. 메모지에 적혀 있던 뜻 모를 글자들이 물 자국을 따라 조금씩 지워진다. 똑같은 모양의 신발 열 켤레가 줄줄이 묶인 채 부력에 몸을 맡긴다. 가방과 캐리어 들이 넘실거린다. 여운은 유실물들이 제자리를 잃지 않도록 단단히 붙들어 매려고 애쓴다. 이내 물로 가득 찬 방에서 라미하는 숨을 쉬려 버둥거린다. 입안에서는 짠맛이 돈다. 라미하는 하는 수 없이 출렁거리는 물결에 몸을 맡긴다. 어느새 키틀이 라미하 옆으로 다가와서 손을 잡는다. 키틀의 목에는 키푸가 달려 있지 않다. 먹먹한 느낌 사이로 키틀의 목소리가 또렷하게 들린다. 그리고 그 말은 끝없이 방 안을 맴돈다.

멸종됐어, 멸종됐어, 멸종됐어, 멸종됐어, 멸종됐어, 멸종됐어……

"연맹이 제공했던 수조가 흐발투족에게는 너무 좁았던 거야. 그 안에서 그들이 무슨 말이라도 하면 초음파가 수조 벽에 부딪혀서 되돌아오는데, 그 소리가 다시 반대편 벽에 부딪히고, 끊임없이 메아리치는 거지. 연맹은 그 문제를 바로 눈치채지 못했어. 알아차렸을 때는 이미 너무나 많은 말들이 수조 안을 떠돌아다니고 있었지. 흐발투족은 정신적으로 취약해져 있었어. 그리고 더 이상 말을 하지 않게 되었대. 절망에 빠진 채 말을 잃은 사람들은 빠르게 쇠약해져만 갔어."

"그런데 어쩌다가 마지막 사람이 은하정거장에서 물건을 잃어버린 거야?"

"마지막 생존자가 연맹에 부탁했대, 자신이 살던 행성을 다시 한번 보고 싶다고. 그러고는 잔해만 남은 행성의 모습을 보고 돌아오는 길에 그 물건을 잃어버렸대."

"그 물건이 뭐였는데?"

"매끈한 반구 모양의 물건이었는데, 여운 씨도 그 물건이 어디에 쓰이는 건지는 몰랐대. 슬픈 얘기를 전하는 요원에게 자세히 물어보는 것도 실례 같다고 느껴서 물어보지 못했나 봐. 대신에 요원이 물건을 양도받으면서 '물의 폐' 역에 흐발투족을 위한 추모관이 있는데, 거기에 그 유실물을 전시할 거라는 얘기를 해주었대."

라미하는 흐발투족의 고향 행성이 어디에 있었는지, 그리고 '물의 폐' 역에 있다는 그 추모관이 지금도 남아 있는지, 많은 것들이 궁금했지만 더 이상 묻지 않았다. 수평선이 붉게 물들기 시작했다. 키틀의 이야기는 대개 그런 식으로 끝났다. 거기에는 어떠한 교훈도, 의무도 없었다. 날이 밝아올 때쯤 이야기가 급히 끝을 맺듯이 그저 누군가의 인생에 예상치 못한 일이 불쑥 나타나곤 했다. 저마다의 삶을 자세히 들여다보면 누구나 한 귀퉁이에 이상한 이야기를 하나쯤 간직하고 있다고 라미하는 생각했다.

한편, 키틀은 말을 마치고 고요히 맞이하는 아침이 늘 기꺼웠다. 한때 키틀은 우주 곳곳을 정신없이 누비며 기이한 사람들의 기묘한 이야기를 모으려 애썼으나 새로운 이야기가 선사하는 즐거움은 금세 시들어버렸다. 레이보스에 정착한 후에야 비로소 진정으로 원하던 것을 얻을 수 있었다. 이제 키틀은 일상에서 접할 수 있는 사소한 것들에서도 삶을 달리

보게 하는 신비함을 느낄 수 있다. 어긋남 없이 반복되는 것처럼 보이는 일들도 자세히 들여다보면 조금씩 미묘하게 달라지고 있었다. 이를테면, 뜨고 지는 태양과 때에 맞춰 비워졌다가 채워지는 바닷물, 매년 가을밤이 되면 반짝거리며 날아오르다가 아스라이 먼 바다로 떠나는 거품날치 떼처럼 자연스러워 보이는 현상들 속에는 영원히 풀 수 없는 비밀이 숨어 있어서 마치 불현듯 흥얼거리게 되는 멜로디처럼 되뇌게 된다. 사람들은 진귀한 것들을 찾아서 한없이 펼쳐져 있는 우주 구석구석을 돌아다니며 시간과 노력을 쏟지만, 정작 결코 손에 넣을 수 없는 것은 일상에서 무심결에 놓친 것들이다. 그러므로 잃어버린 것이야말로 다시는 얻을 수 없기에 가장 소중한 것일지도 모른다고 키틀은 생각했다.

키틀과 라미하는 말없이 바다를 바라보았다. 갈고리군함새도 사냥을 마치고 염습지로 돌아간 후였다. 거품날치 떼도 이제 보이지 않았다. 파도 소리만이 들려왔다. 빠져나갔던 바닷물이 다시 차오르고 있었다. 곧 수평선 너머로 해가 떠오를 것이다. 오늘 하루도 그들은 거품날치의 둥지를 무사히 지켜냈다. 그러나 가을의 스산한 기운이 그들의 마음 깊은 곳에 스며들어서 남모를 불안감을 불러일으켰다. 레이보스의 풍경은 또다시 바뀔 것이다. 거품날치의 둥지를 캐내려 외지인들이 해안가로 몰려들던 그때처럼.

라미하는 다른 행성에서의 삶과 먼 우주의 풍경을 동경하던 날들을 떠올렸다. 그때마다 자신이 있어야 할 자리는 거품날치가 사는 바다라고 스스로를 타일렀다. 그러나 그 설득이 언제까지나 유효할 수는 없을 것이다. 키틀의 이야기를 들으며 가을밤을 지새우는 날들이 얼마나 남아 있을지도 알 수 없다. 매년 가을이 되면 보호구역의 감시자들은 지금의 레이보스의 모습을 지켜내려 애쓸 테지만, 알아차릴 수 없이 조금씩 무언가를 잃어가다가 언젠가 돌이킬 수 없을 정도로 바뀐 풍경만 남아 있을 거라는 예감이 들었다.

✳

만조에 이르자 바닷물은 염습지까지 들이쳤다. 소금갈대의 줄기마다 하얀 소금 알갱이들이 맺혀 있었다. 가벼운 바람이 일자 갈대밭은 다소 뻣뻣하게 너울거렸다. 갈댓잎이 나부끼는 소리와 함께 소금기를 머금은 습한 공기가 라미하의 뺨에 닿았다. 라미하는 바닷물에 발을 담근 채 고지대 쪽을 둘러보았다. 바닷물이 닿지 않는 곳에 갈고리군함새 한 쌍이 둥지를 틀었다. 거품날치를 한껏 먹을 수 있는 이때가 새끼를 키우기에 적기였다. 여태 짝을 찾지 못한 군함새 수컷 한 마리가 붉게 부푼 목을 흔들며 때늦은 구애의 노래를 불러댔다. 라미하는 질척거리는 진흙 바닥을 헤쳐 나가며 갈대가 듬성한 곳으로 향했다. 채취용 튜브로 바닷물을 떠내고는 햇빛에 비추어 보았다. 바닷물의 색깔이 해가 갈수록 탁해지고 있었다. 몇 해 전부터 번성하기 시작한 미세조류 때문이었다. 이제 해안가 너머 염습지로 흐르는 바닷물에도 미세조류의 농도가 확연히 짙어졌다.

가을바람과 함께 찾아온 불길한 예감이 점차 실체를 드러냈다. 거품날치의 개체 수가 줄어들면서 미세조류가 폭발적으로 늘어났다. 거품날치 둥지가 비싼 값에 팔리기 시작하자 몇몇 어부들이 어린 날치가 채 다 자라기도 전에 둥지를 걷어가면서 보호막 없이 외부의 위협에 그대로 노출된 어린 날치는 그해 가을이 오기도 전에 사라졌다. 미세조류를 주로 먹고 사는 거품날치의 치어가 사라지면서 미세조류는 빠르게 증식해갔다. 그러나 더 적은 수의 날치만이 해안가로 되돌아오자 사람들은 더욱 희소해진 둥지를 앞다투어 채취하였다. 그 이기심은 이제 해안 생태계 전체를 위험에 빠뜨리고 있었다. 이대로 미세조류가 더 번성하면 조류가 내뿜는 독소의 농도가 짙어져 다른 생물에게도 영향을 끼치기 시작할 것이다. 폭증한 조류가 바닷물 속 산소를 더 많이 소비하게 되면 아가미가 제대로 발달하지 않은 어린 날치는 더욱 살아남기 어려울 것이다. 생태계의 균형이 돌이킬 수 없이 무너지고 있었다.

라미하는 몇 차례 더 바닷물을 채취한 뒤 염습지를 가로질러 고지대로 향했다. 어부들만을 탓할 수는 없는 노릇이야. 자갈밭이 시작되는 곳에 서서 장화를 갈아 신으며 라미하는 생각했다.

'그들의 기준은 과거에 맞춰져 있어. 그 당시 품었던 기대와 눈앞에 놓인 이득에 사로잡혀 있으니까 쉽게 바뀌지 않을 거야. 어쨌든 사람들은 더 많은 우주선을 만들어서 더 먼 곳까지 가고 싶어 해. 우주를 향한 동경심은 사람의 원초적인 욕망일지도 몰라.'

그렇지만, 미래에 벌어질 일에는 개의치 않는 그들의 태도에 라미하는 다소 애석했다. 채취한 표본을 조사하기 위해 라미하는 생태연구소로 향했다.

라미하가 염습지에서 채취해온 미세조류를 현미경으로 관찰하고 있을 무렵, 키틀이 연구실에 들어왔다. 라미하는 접안렌즈에서 눈을 떼지 않은 채 키틀에게 물었다.

"왜 이렇게 늦었어? 샘플은?"

키틀은 키푸를 작동시킨 뒤 채취 용기를 현미경 옆에 놓았다. 푸르스름한 둥지 조각이 들어 있었다.

"오는 길에 사정이 생겨서 말이야."

키틀이 지난번처럼 말을 아꼈다. 레이보스에 거품날치 보호구역이 생긴 이후로 종종 어부들은 자신들의 조업을 방해하는 감시자들에게 극렬히 항의하곤 했다. 라미하는 현미경에서 눈길을 돌려 안타까운 표정으로 키틀을 바라보았다.

"그래도 누군가는 지켜야만 해. 앞으로 벌어질 비극을 우리만 알고 있다고 해도 우리 모두가 한배에 타고 있다는 점은 변함이 없으니까."

풀이 죽어 있는 키틀을 보자 라미하는 무슨 일이 있었는지 알아차렸다. 어부들은 다른 행성 출신인 키틀에게 더욱 모질

게 대했다.

"음, 하지만 날 '딸깍이'라고 부르더라고."

그건 초음파로 말하는 무이젠인을 향한 멸칭이었다. 기이한 종족을 찾아서 우주 곳곳을 돌아다녔던 키틀이지만, 정작 레이보스에서 가장 기이한 존재는 키틀 자신이었다. 라미하는 키틀을 자기 삶의 영역으로 너무 강하게 끌어당긴 것은 아닌지 미안한 마음이 들었다. 레이보스를 지켜내야 한다는 사명감은 라미하만의 것일 수도 있다. 반대로 키틀은 가을이 오면 떠나는 거품날치처럼 자유로이 유랑해야만 하는 운명일지도 모른다. 키틀을 가장 괴롭게 하는 사람은 모욕적인 말을 내뱉는 마을 사람들이 아니라 키틀을 이곳에 묶어놓은 라미하 본인일지도 모른다는 생각에 라미하는 죄책감을 느꼈다.

"그래도 적당히 상대해주고, 이렇게……."

키틀은 아무렇지 않은 듯이 채취 용기를 손가락으로 톡톡 치며 말했다.

"둥지는 잘 챙겨왔지."

"고마워."

라미하는 미안한 마음을 숨긴 채 키틀에게 말했다.

이윽고 그들은 가져온 둥지 표본을 전자 현미경으로 자세히 관찰하였다.

검은 화면 위로 뿌연 형상이 나타나기 시작하더니 곧 거미줄처럼 얽혀 있는 회백색의 골격이 보였다. 에어로젤의 전형적인 형태였다. 배율을 조절해가며 초점을 맞출수록 골격의 형태가 더욱 선명하게 드러났다. 그러나 관측 위치를 옮기자 골격 사이로 정체불명의 거대한 입자가 보였다. 둥지의 골격을 이루는 나노 입자는 구형에 가까운 형태이지만, 화면에 보이는 입자는 수백 마이크로미터 크기의 불규칙한 모양이었다. 다른 위치에서도 골격 사이마다 박혀 있는 의문의 입자를 확인할 수 있었다. 일부 골격은 구조가 헝클어져 있었다. 정체불명의 불순물 끝에 달린 가느다란 가닥을 발견하자 라미하는 이 입자의 정체를 알 수 있었다. 라미하가 한숨을 쉬자 옆에서 함께 지켜보고 있던 키틀이 먼저 말을 꺼냈다.

"미세조류가 둥지 사이마다 끼어 있는 거 같네. 거품이 굳을 때 바닷물에 있던 조류도 함께 굳어버리는 거 같은데, 어떻게 생각해?"

"맞아. 그런 거 같아. 다만, 거품이 굳어갈 때 주변에 있던 조류가 달라붙은 건지, 날치 아가미에서 나오는 거품에 이미 미세조류가 함께 들어 있던 건지는 좀 더 조사해봐야 알 수 있을 것 같아. 그렇지만 아가미에서 따로 정화작용을 거치지는 않으니까 어쨌든 바닷물에 있던 조류가 둥지의 구조를 무너뜨리고 있는 건 확실해."

"그런데 이렇게 구조가 바뀌면 단열재로도 못 쓰게 되는 거 아니야?"

"그게 제일 걱정이야. 에어로젤의 구조가 무너지면 지금처럼 단단하지도 않고 가볍지도 않은 물질이 되어버릴 거야. 조류의 농도가 짙어질수록 더 나빠지겠지."

미세조류가 더 많이 증식하면 거품날치의 둥지는 다시금 바다 위를 떠다니는 무용지물로 돌아갈 것이다. 거품날치가 멸종된다면 그마저도 없을 것이다. 갈고리군함새의 노랫소리도, 보호구역도, 어부들과 갈등을 빚는 일도 모두 사라질 것이다. 지금과 같은 레이보스의 풍경은 돌아오지 않을 것이다. 거품날치 생태 연구도 불가능해질 것이다. 사람들은 그저 쓸모없어진 둥지를 대신할 또 다른 대체재를 향해 몰려갈 것이다. 그리고 라미하가 지금껏 거품날치의 생태를 이해하려 노력했던 모든 일이 속절없이 물거품처럼 사라질지도 모를 일이었다.

"아무래도 월리쇼 박사에게 연락하는 편이 나을 것 같아. 그쪽이 미세조류에 대해서는 더 잘 아니까. 조만간 성간통신기지에 들러야겠어."

라미하가 불안에 사로잡힌 채 말했다. 키틀을 향한 죄책감과 미래에 대한 불안감. 두 감정이 라미하를 짓눌렀다. 어느 하나라도 덜어내야만 숨을 쉴 수 있을 것 같았다. 라미하는 망설임 끝에 말을 이었다.

"혹시 함께 통신기지에서 갔다가 돌아오는 길에 '물의 폐'역에 들르는 거 어때? 그 추모관에도 가보고."

라미하는 영상에서 눈길을 거두고 키틀을 바라보았다. 오랫동안 얽매여 있던 사람에게 자유를 돌려줄 차례였다. 그리고 내년 가을밤을 버텨낼 해결책 또한 필요했다. 어쩌면 다른 세계에서 이 불안감을 잠재울 무언가를 찾을 수 있기를 라미하는 바랐다.

＊

라미하와 키틀을 태운 비행선이 셔틀 정거장을 향해서 날아갔다. 비행선의 진동이 멎자, 라미하는 해안가 쪽을 힐끗 내려다보았다. 레이보스의 해변 풍경이 한눈에 보였다. 우리가 지키려는 모든 게 저기 있어. 해안선이 거품날치의 둥지로 하얗게 세어 있었다. 둥지끼리 접하는 경계 부분이 윤곽선처럼 어둡게 보였다. 마치 그 사이로 짙은 그림자가 드리운 것 같았다. 한데 모여 있는 둥지를 바라보며 라미하는 문득 죽어가는 세포 덩어리를 떠올렸다.

비행선이 다시 덜컹거리기 시작했다. 어느새 비행선은 셔틀 정거장에 착륙할 준비를 했다. 키틀은 여기까지 오는 내내 침묵을 지키는 라미하를 보면서 심상치 않다고 느꼈다.
"긴장돼?"
키틀이 조심스레 말문을 열었다.
"아니, 그냥 걱정돼서. 그리고⋯⋯."
"그리고 내가 답답해할까 봐?"
예상치 못한 말에 라미하는 키틀을 쳐다보았다.
"갑자기 먼 곳까지 가자고 하니까 나도 고민해봤지."
그들은 성간통신기지로 향하는 셔틀을 타기 위해 대기권

바깥으로 나가는 궤도엘리베이터에 올랐다.

"내가 레이보스에 처음 도착했을 때 모든 게 신기했어. 해변은 빛과 소리로 가득 차 있었으니까. 그전까지 나는 이 사람, 저 사람 찾아다니며 우주 곳곳을 여행했지만, 잠깐의 만남을 위해서 먼 거리를 홀로 이동해야만 했거든. 아무 소리도 들리지 않는 허공에서 말이야."

"여기서만 지내는 게 힘들 거라고 생각해서 그랬어, 나는."

"우리가 인터뷰하던 날 기억해? 멀리서 파도 소리, 바닷새 소리, 물고기들이 헤엄치는 소리가 계속 들려왔어. 인터뷰를 진행하면서 그게 물고기가 하늘을 나는 소리였다는 걸 알았을 때는 정말 놀랐어. 그리고 매일같이 그것들을 지켜보는 사람의 마음이 궁금해졌지."

엘리베이터에서 내려 셔틀로 향하며 키틀이 말을 이었다.

"그때 나는 세월을 낭비하며 살았다는 걸 깨달았어."

셔틀 문이 열리고 그들이 나란히 올라탔다.

"내가 초음파까지 들을 수 있는 무이젠인이라는 것도 까먹을 정도로 오랜 시간을 외로이 지내다가 여기서 함께 지내면서 나는 진짜 내가 원했던 게 뭔지 알게 됐어. 가끔 해변에 홀로 앉아 있을 때면 여운 씨가 내게 들려준 노래가 생각나. 그날 흑발투족 이야기가 기억난 것도 그 노래 때문인 것 같아."

라미하는 그들이 처음 만났던 때를 떠올렸다. 거품날치가 별자리를 본다는 말. 실없이 느껴졌던 그 말이 어쩌면 각자에게 진실일 수 있겠다고 생각했다. 그때 라미하는 먼 우주에서 온 키틀이 별에 관해서만 생각하는 사람인 줄 알았다. 하지만 키틀이 원했던 건 별 사이를 오가는 여행이 아니라 캄캄한 우주 한가운데서 가야 할 곳을 알려주는 빛이었다. 줄곧 거품날치가 별을 향해 날고 싶어 한다고 생각한 사람은 바로 자신임을 라미하는 깨달았다. 키틀이 원한 건 의미 없이 떠도는 삶이 아니라 자기 삶의 가치를 일깨워줄 사람이었다. 다른 세계를 갈망하는 라미하를 위해 매일 밤 키틀은 다른 곳에서 살고 있는 다양한 사람들의 이야기를 준비했던 것이다.

키틀이 목적지를 입력하자 셔틀이 허공을 향해 날아올랐다. 그리고 점으로조차 보이지 않는 성간통신기지를 향해 나아갔다. 셔틀이 이동하는 동안 그들은 말없이 사랑에 대하여 생각했다.

＊

"왜 역 이름이 '물의 폐'일까?"
헬멧을 쓰며 라미하가 키틀에게 물었다. 윌리쇼 박사에게 메시지를 보내고 온 라미하는 어느새 초광속 이동용 우주복으로 갈아입은 상태였다. 키틀이 선뜻 대답하지 못하자 라미하가 말을 이었다.
"물로 만든 폐라는 뜻일까? 흐발투족은 물속에서 사는 종족이니까."
"나는 물이 숨 쉴 수 있는 공간이라고 생각했어."

라미하의 헬멧 한구석에서 키틀의 목소리가 들려왔다. 키푸가 아닌 헬멧에 내장된 공용어 번역기로 조율된 목소리가 낯설게 느껴졌다.

"물을 위한 폐. 물속에서 다 함께 살아가기 위해서 물이 대신 숨을 쉬는 거지."

아니, 낯선 건 목소리뿐일까. 라미하는 그들이 함께 레이보스에서 지낸 세월을 떠올리며 그동안 키틀이 참 많이도 바뀌었다고 느꼈다. 어느새 키틀은 다 같이 살아가는 공간을 먼저 생각하게 되었다. 정처 없이 우주를 떠돌며 다음 행선지만을 생각해왔지만, 이제 키틀은 해변에 고요히 앉아서 세상을 가득 메운 소리를 들으며 곳곳에 있는, 살아 숨 쉬는 존재들과 함께 살아가는 법을 알게 되었다.

한편, 라미하 역시 어느덧 누군가의 내면을 헤아릴 수 있게 되었다. 거품날치와 레이보스의 해안에 사는 작은 생명체들에게만 관심을 쏟던 라미하는 매일 밤 키틀의 이야기를 들으며 여러 사람의 삶을 살아보고는 곁에 있는 사람의 마음에도 귀를 기울이는 법을 배웠다.

"아무튼, 살려면 물이 필요한 거네."

라미하는 헬멧 너머로 키틀을 향해 웃어 보였다. 어쩌면 그 숨 쉬는 물은 거품날치의 둥지와 같은 것일지도 모른다고 생각했다. 어린 날치의 보금자리이자 레이보스의 바다에 사는 모두를 이어주고, 지켜주는 둥지. 머나먼 여정을 떠나는 거품날치처럼 키틀과 라히마도 이제 우주의 깊숙한 곳까지 나아가려 한다. 그리고 그 긴 여행에서 돌아와 다시금 보금자리를 가꿀 것이다. 아무리 떠돌아다니더라도 언젠가 다시 정착하여 숨 쉴 수 있는 공간을 지켜낼 것이다.

은하정거장으로 향하는 우주선에 들어서자 라미하는 너무나도 삭막한 모습과 마주했다. 꿈꾸던 것과는 다르게 우주선 내부는 창문도 없이 통로 양쪽으로 좌석만 빽빽하게 들어차 있었다. 우주선은 그저 이동수단에 불과했다. 별빛이 비치는 풍경 대신 앞사람의 뒤통수만 바라봐야 했다. 자리를 찾아 앉으며 더 빠른 속도를 위해 포기한, 잃어버린 풍경에 대해 라미하는 생각했다.

"잠시 잠들 거야."

안전벨트를 매는 라미하에게 키틀이 말했다. 웜홀을 통과하는 동안 신체에 일어나는 급격한 변화가 정신에까지 미치는 영향을 줄이기 위해서라고 설명을 덧붙였다. 잦은 초광속 이동이 어떻게 정신적 스트레스를 유발하는지, 그래서 인지능력의 저하가 얼마나 지속되는지 키틀이 자세하게 이야기하는 동안 라미하는 영문도 모른 채 서서히 잠에 빠져들기 시작했다.

'반짝이는 별을 바라볼 적에 나는 우주와 미래에 새겨진 음표를 떠올렸지.'

우주선이 빛의 속도에 다다르자 짤막한 노랫소리가 라미하의 귓가에 맴돌았다.

어딘지 모르게 닮아서 우린 맞잡고

어제와 오늘, 그리고 내일도

어느 우주에서, 어느 때라도

어딘지 모르게 닮아서 우린 맞잡고

언제나, 영원히, 그리고 함께

서로를 꼬옥 껴안겠지.*

✳

"다 왔어."

키틀의 목소리에 라미하는 잠에서 깼다. 기대했던 것과는
사뭇 다른 여행이었으나 새로운 경험을 함께 나눌 수 있어서
라미하는 그런대로 만족스러웠다. 우주선에서 내린 그들은
가벼운 우주복 차림으로 갈아입은 뒤 지상으로 가는 셔틀을
타러 정거장으로 향했다. 정거장 복도에서 비로소 라미하는
먼 우주의 풍경을 볼 수 있었다. 상상 속에서만 그리던 모습
이 눈앞에 펼쳐졌다. 저기 어딘가에 우리의 고향이 있는 거
야. 라미하는 칠흑 같은 어둠을 간신히 버텨내는, 알알이 빛
나는 천체들을 응시했다. 그러고는 레이보스에서 올려다본
밤하늘을 떠올렸다. 머나먼 곳에 있을 누군가, 과거 자신의
모습처럼 제자리에 멈춰 선 채 이쪽을 내다보고 있을 사람들
을 생각했다.

---

* 월트 휘트먼의 시 〈밤의 해변에서 혼자 *On the Beach at Night Alone*〉를 바
탕으로 썼다.

추모관으로 가는 셔틀에서 흐발투족에 관한 안내 영상이 나왔다. 그 덕에 라미하는 흐발투족이 살던 행성의 이름이 쿤투스였다는 걸 알게 되었다. 그리고 행성 근처에 새롭게 생겨난 인공 웜홀의 중력을 버티지 못하고 행성이 폭발해버렸다는 사실도. 영상 말미에 흐발투족을 기리는 추모관이 외계종족보존연맹과 은하유산보전재단의 지원을 받아 설립되었다는 점도 언급됐다. 어쩌면 그들의 도움을 받을 수도 있겠다고 라미하는 생각했다. 셔틀이 추모관 근처에 다다르자 창밖으로 반짝이는 건물이 보였다.

곧 셔틀에서 내린 그들은 추모관 입구에서 산처럼 거대한 건물을 올려다보았다. 유선형의 건물 외벽 전체가 은빛으로 빛났다. 벽이 안쪽으로 말려 들어간 것처럼 생긴 통로를 따라 건물 내부로 들어서자 홀로그램으로 재현한, 쿤투스 행성의 밤하늘이 천장을 밝혔다. 별빛으로 가득 찬 공간은 수조 벽으로 둘러싸여 있었다.

"여운 씨가 얘기한 그 수조에 추모관을 지은 건가 봐."

라미하가 주위를 둘러보며 말했다. 그러나 전해 들은 것과는 달리 그들에게는 너무나 광대한 수조였다. 라미하는 그 수조에서 살던 흐발투족의 체구를 가늠해보았다. 그리고 그 수조 속에서 하나둘씩 말을 잃어가는 사람들과 서서히 늙어가는 마지막 생존자의 모습을 상상했다. 헤아리기조차 어려울 정도로 거대한 슬픔이 물결처럼 키틀과 라미하에게 밀려왔다. 돌이킬 수 없는 상황 속에서 무력감과 함께 찾아오는 감정이 서서히 그들의 마음을 잠식해 흘러들어왔다. 모든 것을 잃은 후에 하릴없이 맞이하는 후회와 체념이 수조에 담긴 채 너울거렸다. 키틀과 라미하는 지켜내야 할 것들을 생각하며, 물그림자가 일렁이는 복도를 따라 걸었다.

추모관 복도 끝에서 마지막 생존자의 유실물을 찾을 수 있었다. 여운이 말한 반구 모양의 물건이 놓여 있었다. 라미하의 헬멧보다도 큰 물체가 별빛을 받아서 반짝였다. 안내문에 그 물건의 정체가 적혀 있었다. 그건 이미 사라진 쿤투스 행성의 바닷소리를 재현하여 들려주는 장치였다. 메아리를 막기 위해서 뒤늦게나마 연맹이 만들어준 물건이었다. 그가 잃어버린 건 이것만이 아니야. 유실물의 반짝이는 표면을 한 꺼풀 열어젖히면, 그 안에는 고향 행성이 있던 자리를 멍하니 바라보던 마지막 생존자의 뒷모습이 어려 있을 것만 같다고, 라미하는 생각했다.

추모관을 되돌아 나오며 그들은 수조 벽을 따라 천천히 걷기 시작했다. 발소리가 수조 벽을 따라 웅웅거리며 울렸다. 돌연 라미하가 발걸음을 멈추고는 수조 벽에 헬멧을 대어보았다. 키틀은 옆에서 조용히 그 모습을 바라보았다. 라미하는 머리를 기댄 채 가만히 서 있었다. 수조 안에서 메아리치고 있는 흐발투족의 마지막 대화에 귀를 기울였다. 키틀도 라미하를 따라 천천히 수조 벽에 기대었다. 먹먹함을 뚫고서 나지막한 소리가 들려왔다. 머나먼 과거에서 온 흐발투족의 마지막 목소리가, 물이 숨을 쉬는 소리가 들리는 것만 같았다. 그

치지 않을 노랫소리가 키틀의 귀에 맴돌기 시작했다.

어느새 키틀 곁으로 다가온 라미하가 조용히 말했다.
"집으로 돌아갈 시간이야."

○●

지동섭

동국대학교 신소재공학과(주전공)와 국어국문·문예창작학부(부전공)에서
공부했다. 동 대학원에서 신소재공학으로 석사 학위를, 포스텍에서 화학공
학으로 박사 학위를 받았다. 제2회 포스텍 SF 어워드 미니픽션 부문에 당
선되어 창작 활동을 시작했다. 제3회 문윤성 SF 문학상 중단편 부문 대상
을 수상했다.

작가의 말

　이 소설은 집에 관한 이야기입니다. '생태'라고 번역되는 접두사 'eco'는 '집'을 뜻하는 그리스어 'oikos'에서 유래했습니다. 그리고 '우주'는 '집'을 의미하는 두 한자를 합쳐서 만든 단어입니다. 또한, 이 소설은 그 집이 무너지는 이야기이기도 합니다. 견고한 줄만 알았던 세상이 무너지는 이야기, 아니, 어쩌면 애초에 견고한 것이 없는 세계에 관한 이야기입니다. 배신당한 마음이 회복할 수 있도록 도와주는 건 일종의 복수심이 아니라 동정(同情, sympathy)일지도 모르겠습니다. 눈앞에 있는 문제를 당장 해결하기보다는 같은 꿈을 꾸면서 함께 일상을 살아가는 것이야말로 치유법일 수도 있겠습니다. 라미하와 키틀의 여행을 지켜보며, 그들이 당도한 곳에서 이 소설의 분량이 다한 것은 그런 이유 때문일 것이라고, 이 소설을 쓰고 한참이나 지난 뒤에야 깨달았습니다.

어떤 일들은 그 당시 느꼈던 감정과 교묘하게 섞인 채 기억되곤 합니다. 이 소설을 쓸 때 저는 박사 학위 논문을 준비하고 있었고, 그래서 이 소설을 마주할 때면 그때 느꼈던 절박감이 돌아오곤 합니다. 그 외에 막스 리히터와 필립 글래스의 음악, 영감을 얻었던 몇 편의 영화, 이미 죽은 작가들과 책을 통해 나누었던 대화가 기억에 남습니다.

참고했던 월트 휘트먼의 시는 황유원 시인의 번역(《밤의 해변에서 혼자》, 읻다, 2019)으로 처음 만났습니다. 번역문에는 'clef'를 '열쇠'로 해석하는 것이 옳다는 주석이 붙어 있었으나 문학적 장치로 활용하기 위해 감히 '음표'로 적었음을 밝히며, 좋은 글을 번역, 출간하는 출판사와 관계자님들, 그리고 번역자님들께 항상 감사하다는 말을 전합니다.

우수상

올림픽공원 산책지침

짐리원

알바끼리 사담은 금지였다. 지수가 다른 알바들과 처음 말을 섞은 건 야간 산책 일을 시작한 지도 한 달이 되어갈 무렵이었다. 쌀쌀해지기 시작한 10월 초였는데도 다행히 아직 감기 기운은 없었다. 가벼운 감기라도 걸리면 정문 검사 장치를 통과할 수 없었고, 신종 코로나라면 2주 시급을 날리는 셈이므로 조심해야 했다. 다섯 시간씩 산책만 하면 된다는 조건에, 보통 야간 카페 알바의 네다섯 배는 되는 시급이었다.

돈을 많이 주는 만큼 수상한 알바였다. 말도 안 되는 정도의 위약금이 붙어 있는 비밀 유지 서약도 이상했지만 정말 이 알바가 얼마나 이상한지 지수가 깨달은 건 '리허설'이 끝나고, 일반인에게는 폐쇄된 올림픽공원으로 처음 정식 출근을 한 날이었다. 계약서를 처음 읽었을 때는 알바와 '이용객'을 잘 구별할 수 있을까 걱정이었는데, 한두 번 말을 섞은 뒤엔 누가 이용객인지는 10미터 밖에서도 알아볼 수 있었다. 새로 산 것 같은 세미 정장 차림에 어색할 정도로 정중한 한국말. 북한 말투 같기도 하고 번역기가 읽어주는 기계음 같기도 했다. 하나같이 비슷한 말씨에 비슷한 마른 몸에 어딘지 공허한 인상에, 이용객들 간에 구별이 안 가서 문제였다. 몇 번 이용객들의 사소한 질문('한성백제박물관에 가려면 어느 쪽이죠' '여름은 많이 덥나요')에 응대한 이후 때때로 그들은 지수에게 친근하게 말을 걸었는데, 지수는 아는 척 하느라 고생이었다.

알바들이 모인다고 들은 곳은 소마미술관 뒤쪽 구석이었다. 조명이 드문드문한 데다 볼 것도 많지 않아서 이용객 발길이 뜸했다. 이용객들은 마치 날벌레처럼 빛에 이끌렸다. 홀린 듯 미술관 앞에서, 세계 평화의 문 앞에서 공원을 둘러싼 도시의 빛을 올려다보곤 했다.

미술관 뒤쪽은 공원 안에서는 어둠에 속했지만, 진짜 어둠과는 거리가 멀었다. 레고 블록으로 만든 것 같은 화려한 교회 건물이 길 건너에서 빛을 뿜었고, 지나가는 자동차들이 앞뒤로 빛을 뿌렸다.

담배는 물론이고 라이터도 반입 금지 물품에 포함일 텐데 어떻게 가지고 들어왔는지 몇몇은 담뱃재를 털었다. 두셋은 카페나 음식점 알바인지 앞치마를 두른 채였고 미술관 직원처럼 보이는 사람도 있었다.

"아, 이분 카페에서 몇 번 뵌 적 있다. 산책 쪽이시죠?"

"네네."

평범한 사람의 평범한 관심사. 공원 내에서 그런 대화를 한 건 오랜만이라 바로 긴장이 풀렸다. 대학 선배들과 얘기하는 기분이었다. 정작 선배들이 편한 적은 없었지만.

"이름이 뭐예요? 처음부터 했어요?"

"지수예요. 네. 벌써 한 달 됐네요."

한두 마디 하자 모두 지수가 이용객이 아닌 걸 확인하고 안심하는 것이 느껴졌다.

"그럼 알 거 다 아시겠네요."

그들은 별 설명 없이 하고 있던 대화로 돌아갔지만, 무슨 얘기인지 몇 마디만 듣고도 이해가 되었다. 이용객들이 주문할 때 걸리는 시간 얘기였다.

"줄 선 입장으로서도 답답하겠지만, 저희는 어휴. 진짜."

그렇네. 판매 쪽 사람들은 더 답답하겠지. 지수는 생각했다. 카페에 줄을 서면서 몇 번이나 느낀 터였다. 사실 이제는 지수도 반쯤 해탈한 상태였다. 이용객들은 카페 주문에 놀라울 정도로 많은 시간을 들였다. 메뉴판의 품목 하나하나를 시간을 들여 읽었고, 음료 성분과 옵션에 대해 질문하고 또 질문했다. 가끔 그냥 시키지 말고 나갈까 싶기도 했지만 카페에서 활동비를 어느 정도라도 소모하지 않으면 하루 5만 원을 공원 안에서 다 쓰는 건 생각보다 어려운 일이었다. 형광 머리띠를 몇 개씩 사서 쓰고 다니고 싶지는 않았다. 이용객들의 최종 결정은 주로 복잡하고 화려한 음료였다. 이름이 열 글자이하인 메뉴는 주문하지 않는 규칙이라도 있는 것 같았다. 몇 번을 둘러봐도 아이스 아메리카노를 마시는 건 지수뿐이었다. 다들 한국인 맞나 싶었다.

그 외에도 지수가 이상하다고 생각한 점을 다른 알바들도 대체로 똑같이 이상했다. 이쪽에서 안 본다 싶으면 대놓고 빤히 쳐다보는 시선, 외국인이라고 하기에는 애매하게 편안한 느낌의 한국말, 너무 꼼꼼하게 차려입고 목까지 단추를 채운, 교복 같은 세미 정장.

"덥지도 않은가."

"지금은 가을 돼서 그래도 나을걸요."

하긴 9월 초에도 다들 긴 팔에 목까지 셔츠 단추 채우고 다녔지. 지수는 생각했다. 몇몇은 장갑까지 끼고 있었다.

"아무도 사진 안 찍는 것도 조금 무섭지 않아요? 관광 온 사람들 같은데 왜 사진을 안 찍는 건지…."

지수와 같은 산책 알바로 보이는 사람이 말했고, 모두 맞아 맞아 하며 고개를 끄덕였다.

지수도 확실히 공원 내에서 누가 사진 찍는 걸 본 기억이 없었다. 다들 풍경에 감탄하면서 산책하는 게 일이었는데도 말이다. 개인 물품 반입이 금지되어 있고 정문에서 휴대폰을 제출해야 하는 알바는 그렇다 치고 이용객들도 휴대폰이 없는 것 같았다. 휴대폰은 없어도 사진기는 있을 법한데 지수는 한 번도 사진 찍어달라는 부탁을 받은 적이 없었다. 그 사실을 깨달은 순간은 디즈니랜드에 놀러 와 사진을 찍지 않는 사람들은 자살하러 온 사람들이라는 도시 전설도 떠올랐고, 약간 소름이 끼쳤다.

"저는 처음에 다 귀신인가 싶었어요. 진짜 말도 안 되는 소리지만."

지수는 말했다. 몇몇 알바가 웃었다. 대화는 이어졌다.

"박물관 근무하시는 분 하시는 말로는 북한 사람 같다던데요? 서울 구경 온 북한 귀빈 같다고 하던데."

대체로 북한 손님이나 간첩이라는 추측으로 기운 것 같았지만, 막 성인이 된 것 같은 산책 알바 한 명은 이용객들이 뱀파이어라는 설에 꽂혀 있었다. 산책이 야간에만 이루어진다는 것이 주된 근거였고, 카페와 미술관 등의 조명도 자기가 보기에는 부자연스러울 정도로 조도가 낮다고 했다.

"북한 사람들이라 사진 찍힐까 봐 그런 거 아니에요?"

북한파가 반문했다.

"나 뱀파이어 아닌데."

몇 발짝 떨어진 어둠 속에서 또렷한 목소리가 끼어들었다.

"귀신도 진짜 아니에요. 북한 지역에는 아직 가본 적 없고요."

목소리는 어느새 아주 가까운 곳에 있었다. 담배 연기 때문에 조금 콜록거렸지만, 정말 객관적으로 잘못된 정보를 정정하는 것 같은 예의 바른 투였다.

"좆됐네…."

누군가 낮게 중얼거렸다. 그냥 생각해도 네 가지 정도의 지침을 어긴 셈이었다. 공원 내에서 알바 지침 및 계약에 대한 언급 금지(공원 내에서는 자발적인 '산책자'를 연기해야 한다는 규정이었다), 이용객에 대한 사담 금지(공원 내에서도 밖에서도 해당되는 조항이었다), 이용객에게 절대 친절, 공원 내 흡연 금지. 모였던 사람들은 담뱃불을 끄고 부산히 흩어졌다. 지수만 자리에 남았다. 왜 그랬는지는 지수 자신도 몰랐다. 얼굴을 들킨 것도 아니고, 이용객이 클레임이라도 넣으면 큰일이었는데 말이다. 더 일이 복잡해지기 전에 일어나서 다른 사람들처럼 어둠 속으로 흩어지면 그만이었는데.

"미안."

지수는 조각상 발치에 앉은 채 말했다. 죄송합니다, 라고 말해야 했을지도 모르지만 죄송하지는 않았다. 알바로서 손님에게 죄송한 기분은 아니었고, 그냥 사람으로서 미안했다. 또… 죄송하다는 말은 화를 풀어주는 사과였는데 이 이용객은 화난 사람 같지는 않았다.

뭐 더 덧붙일 말이 있을까 해서 찾아봤지만 없었다. 그냥 조금 미안한 딱 그런 기분이었다.

"어쨌든 미안해."

다시 한 차례 사과했지만 상대방은 사과를 듣고도 자리를 떠나려는 기색이 없었다. 지수는 몇 발짝 앞에 서 있는 이용객을 올려다봤다. 공원 밖의 불빛 때문에 얼굴이 생생히 보였다. 지수 또래의 남자애 같았고, 생각에 잠긴 표정이었다. 물론 생각해보면 이용객들은 다 크게 보아 지수 또래로 보였다. 나이 든 사람도 없고 특별히 어린 사람도 없었다. 수많은 이

46

상한 점 중 하나였다.

뭔가 설명해야 할 것 같았다.

"다들 궁금해서 그랬을 거야. 너희가 누구인지. 매일 만나는데 아무것도 모르니까."

"왜 몰라?"

이용객은 조각상 옆의 맨땅에 유난히 조심스럽게 앉으며 말했다.

"아무도 말 안 해줬으니까 모르지."

"이상하다. 우리 프로그램은 그런 거 아닌데. 관광사에서 제대로 정부 허가 받았다고 했어."

이용객은 말했다.

"프로그램?"

이용객의 질문에는 친절하게 응대하되 이용객에게 질문을 해서는 안 된다는 규정도 잊고(무려 제2조였다) 지수는 되물었다.

"21세기 일상 체험 관광 프로그램. 3개월 단기. 시간 여행객 전용."

지수는 맥이 풀렸다.

"이상한 소리 말고. 농담할 기분 아니야."

"진짠데."

"됐어. 억지로 알려달라고 안 해. 쓸데없는 소리 안 지어내도 돼."

이용객은 기대고 있던 팔이 아픈지 혼자 팔을 주물렀다.

어둠 속에서 무슨 생각을 하는지 알 수 없었다.

"그러면 우리가 관광객이란 건 믿어?"

뭐 그건. 지수는 고개를 끄덕였다. 세계 평화의 문 앞에서는 매일같이 싸구려 장신구들을 팔았고, 이용객들은 테마파크에 처음 오는 사람들처럼 물건을 싹쓸이했다. 가을밤 산책 나왔다기에는 너무 잘 차려입고, 옷과 안 어울리는 형광 머리띠와 풍선과 야광 팔찌 따위를 주렁주렁 걸고, 마치 진짜 테마파크라도 온 듯 반짝반짝한 눈으로 주변을 둘러보며 걸었다. 관광객이 아니라기엔 무리가 있었다.

"아프단 건?"

그 역시 대충 짐작이 가던 바였다. 출근 때마다 긴 줄을 이루고 귀찮을 정도로 많은 검사를 받아야 한다는 점에서도, 이용객과의 신체 접촉 및 충돌 '절대' 조심 조항에서도 짐작할 수 있었다. 알바는 산책 시 전방 주시 의무가 있었고, 테마파크 개장 기간 동안 공원 내 구석구석에 임시 설치된 신호기 위치를 숙지할 의무도 있었다. 구급차와 상시 대기 의료 요원을 부를 수 있는 신호기였다.

"멀리서 왔다는 건? 어쩌면 아주 멀리서."

이용객의 눈에 빛이 비쳐서 반짝반짝했다. 눈알에 묘한 광택이 있었다.

"그건… 반쯤?"

지수는 그날 저녁에 마주쳤던 다른 이용객을 생각하며, 솔직히 대답했다. 88호수 가는 길을 알려달라는 구실로 지수에게 말을 붙였지만, 이용객이 진짜로 하고 싶은 것은 지난여름 얘기 같았다. 지난여름은 어땠는지 여름의 올림픽공원은 어떤 느낌이었는지. 이제는 익숙한 패턴이었다. 나름 자세히 대답했지만 남자인지 여자인지 잘 구별이 되지 않는 이용객은 만족하지 못하는 듯 계속 더 캐물었고, 지수의 말 한마디 한마디에 귀 기울였다. 말로 계절을 경험해야 하는 사람처럼, 지난여름의 기억을 잃었거나 내년 여름을 기약할 수 없는 사람처럼.

눈앞의 이용객은 그 정도면 일단 만족이라는 듯 고개를 끄덕였다.

서로 다른 이용객을 구분할 수 있게 되는 일은 없으리라고 생각했는데, 멀리서도 바로 알아볼 수 있었다. 왜 다음 날 출근한 자신이 또 사건이 있었던 쪽으로 걸어갔는지는 지수도 몰랐다. 문제의 이용객은 이미 그곳에 있었다. 어제 일 때문인지 다른 알바들은 자취도 보이지 않았다.

지수가 담뱃불을 붙이자 이용객은 콜록콜록했지만, 끄라고는 하지 않았다. 오히려 물었다.

"역시. 여기 카메라 없는 구역 맞지?"

이용객은 길 쪽을 살짝 바라보고 그들이 사각지대에 있는 걸 확인하더니 재킷을 벗어서 조각상에 걸었다. 그러고는 망설임 없이 셔츠 단추를 끄르기 시작했다. 심지어 손동작이 어설퍼서 보통 걸리는 시간보다 훨씬 오래 걸렸지만, 지수는 멍해져서 보고만 있었다.

완전히 하얀 피부였다. 화장품 광고에 나오는 것 같은 매끈한 하얀색이 아니라 군데군데 자글자글 주름이 져 있고 짓무르기 직전인 듯한 하얀색. 바람이 불자 소름이 끼친 듯 몸을 떨며 이용객은 셔츠를 다시 여몄다.

"야 너 뭐 하는….

"이 정도로 먼 미래에서 왔다는 걸 보여주고 싶었어."

"아니, 그게 미래랑… 무슨 상관이야?

이용객은 눈을 천천히 깜빡였다.

"가장 분명한 증거이지 않아?"

"뭐의 증거?"

"그야 기후 대격변이지. 이미 시작된 지 좀 된 시점이잖아."

"아니 그러면… 나한테 그런 걸 말해도 돼?"

"왜 안 돼?"

"그야 내가 미래를 바꿀 수도 있으니까? 보통 그러면 안 되지 않아? 그래서 비밀로 하는….

무슨 말인지 모르겠다는 표정으로 이용객은 지수를 쳐다보았고, 지수는 대략 1분간 그 얼굴을 들여다본 다음에야 자기 말이 얼마나 황당무계한지 비로소 깨달았다.

지수는 손에 든 담배를 떨어뜨릴 정도로 웃었다. 상대방도 웃기 시작했고, 둘은 한참을 웃었다. 그렇게 웃은 건 기억이 나지 않을 정도로 오래간만이었다.

지수는 웃음이 간신히 진정된 다음에 말했다.

"아, 나 바꿀 수 없구나."

그랬다. 당장 나가서 계약이고 뭐고 어기고 이 사람들이 미래에서 왔고 기후 변화가 진짜 일어난대요, 라고 알고 있는 모든 인터넷 커뮤니티에 글을 쓸 수도 있었지만, 그런다고 뭐가 달라지는 걸 상상할 수는 없었다. 사람들이 지수의 황당무계한 소리를 믿는다고 해도 그 믿음이 뭘 할 수 있을지는 또 다른 문제였고 말이다.

"보통 일어날 일은 일어나."

이용객은 단추를 마저 잠그며 진지하게 말했다.

"시간 단위의 문제지. 몇 개월이나 몇 년처럼 짧은 시간 단위라면 실제로 미래의 정보가 과거에 영향을 줄 수도 있어. 그렇지만 300년, 500년 단위가 되기 시작하면 별 의미 없지. 대형 사건이 아니면 정보도 거의 마모되니까, 바꾸려 해도 뭘 바꿔야 할지 알 수가 없어."

근본적으로 미래의 정보를 얼마나 믿고 활동할 수 있는지도 문제였다.

"이를테면 내가 이렇게 말한다 쳐. 서울은 다가올 기후 대격변 과정에서 안전 지역이 아니니까 더 춥고 외진 내륙 지역으로, 정치적으로도 더 안정된 곳으로 이민 가야 한다고. 그 정보가 너의 행동을 바꿀까? 아닐 거야. 왜냐면 너는 이미 알고 있으니까. 일반인도 어렴풋이 아는데 기업과 정부는 더 정확히 알겠지. 모르는 게 아니야. 미래를 선택한 것뿐."

지수는 이용객이 거짓말을 하는 건 아니라는 결론에 이르렀다. 어쨌든 이용객 스스로는 자신의 말을 믿는 것 같았다. 물론 스스로의 말을 믿는 모든 사람이 진실을 말하는 건 아니었지만.

지수는 집에 와서 다시 계약서를 읽어봤다. 특수한 정신병 요양 프로그램일 가능성도 배제할 수 없어 보였다. 오히려 그렇게 생각하면 말이 되는 부분도 있었다. 이를테면 이용객의 모든 질문에 차분하고 꼼꼼하게 답을 주되 '평범한 서울 시민'의 페르소나로 대답하라는 조항(1조)이 그랬고, '올림픽공원 주변의 지리 정보 제공 절대 금지', '비상 상황 발생 시 이용객의 신체적 정신적 건강 보존을 최우선으로 할 것' 같은 대목들도 그랬다.

이용객 A(그는 자신을 그렇게 불러달라고 했다)는 그다음 날에도 그다음 날에도 같은 자리에서 지수를 기다리고 있었다.

그들은 놀라울 정도로 일회용품밖에 없는 세계 평화의 문 좌판에서 머리띠를 골랐다. 그날그날 쓰고 말 장식품과 장난감뿐으로 머그잔이나 배지처럼 흔한 기념품이 될 만한 것도 없었다.

"이거 사도 오늘 한 번 쓰면 다 망가지는 거 아냐?"

"쓰고, 내일 또 사면 되지."

지수의 말에 에이(A)는 21세기 사람보다 더 21세기 사람처럼 답했다. 지수는 에이의 말랑말랑한 반말을 듣다 보면 가끔 에이가 아주 멀리서 왔다는 걸 깜빡 잊곤 했다. 에이의 말투가 북한 말투 같아지는 건 판매 알바에게 존댓말을 쓸 때뿐이었다. 이상한 점을 굳이 찾자고 해도 보통은 말 사이에 '아니—'라고 말할 타이밍에 '응—'이라고 낮게 끼워 넣는 버릇 정도였다.

"기념품 같은 건? 필요 없어?"

에이는 어차피 가지고 돌아갈 수도 없다고 했다. 시간 여행은 맨몸으로 물을 뚝뚝 흘리면서 도착하는 일이었다. 지수는 그날 에이에게 들었다. 도착점은 안전과 기밀 유지를 위해 주로 산으로 설정되어 있었다. 산마다 일단 쓸 수 있는 돈과 방호복, 호출기가 숨겨진 랑데부 포인트들이 존재했다. 내가 도착한 데 이름이 뭐였더라. 동이 트기 전 방호복을 발견하지 못하면 피부 면역반응으로 그야말로 타 죽으니까 꽤 긴장감이 있었다고 에이는 말했다. 지수는 여름이 끝날 무렵 들은 뉴스를 떠올렸다. 서울의 여러 산에서 연고도 없고 추적도 안 되는 벌거벗은 시체들이 발견되고 있다는…. 외상은 없지만 하나같이 피부가 짓물러 있다고 했다. 한참 전에 죽은 시체처럼.

"아무리 그래도 그렇게 죽으면 너무 허무하겠다."

"고지된 위험인걸."

에이는 비즈 팔찌를 만지작거리며 냉정할 정도로 산뜻하게 말했다.

에이는 지수가 본 염세주의자 중 가장 밝은 염세주의자였다. 버릇처럼 '어쩔 수 없어.'라고 말했지만 미래와 이상할 정도로 깔끔한 관계에 있었다. 지수가 본 염세주의자들은 실은 전부 미래에 집착하는 사람들이었다. '설마 이렇게까지 할래.' 같은 내기 중이거나 '이건 좀 너무하지 않냐.'는 식으로 미래를 잡고 매달렸다. 에이는 오히려 어쩔 수 있는 게 많지 않다는 사실을 인정하면 삶이 조금 더 밝은 곳이 될 수 있다고 믿는 사람 같았다. 물론 믿는 것과 믿기로 한 것에는 미묘한 차이가 있었고, 지수는 처음에는 그것을 구별할 수 없었지만 말이다.

에이와 대화하는 것은 쉬웠다. 바람에 날려갈 것 같은 가벼운 대화였다. 에이는 이 얘기를 하다가도 저 얘기를 하고, 지수가 조용한 날이면 혼자서도 잘 떠들었다. 한참을 얘기하고도 무슨 얘기를 했는지 퇴근길에 잘 기억이 안 날 때가 많았다. 그 뒷맛이 나쁘지 않았다.

에이가 유일하게 가벼운 흥미 이상의 관심을 보이는 화제가 있다면 첫날의 미래 얘기였다. 정확히 말하면, 에이는 지수가 그를 무엇이라고 믿는지에 관심이 있었다.

"아직 안 믿지?" "말한 것 중에 뭐를 못 믿겠어?" "설마 뱀파이어나 북한 요원이라고 믿는 건 아니지?" "어떤 부분이 유난히 안 믿어져?"

"음. 전부 다?"

처음에 지수는 그렇게 대답했지만 에이는 반복된 질문과 포기하지 않는 눈빛으로 지수로부터 대답을 이끌어냈다.

"시간 여행이란 게 물리적으로—과학적으로 가능하다는 사실?"

"인간의 가장 강력한 감정은 노스탤지어라고 학교에서도

배우지 않아? 아니 너희 때는 아직 미래에 대한 희망이라고 배우려나. 지수야, 너는 실제로 희망으로 움직이는 사람을 본 적 있어? 잠깐이면 가능할지 몰라도 희망은 장기적 동력이 될 수 없어. 의외로 휘발성이 강한 감정이라고."

인류사 대부분의 위대한 발견은 고칠 수 없게 된 과거에 대한 회한과 그리움에서 비롯됐고, 그중에서도 가장 강한 것은 날씨에 대한 그리움이라는 얘기였다. 시간 여행이 결국 발명되는 것은 시간문제로, 기후 대격변 이후 시대의 인간이 언젠가 가능하게 할 수밖에 없는 일 중의 하나였다. 미래란 게 워낙 마음대로 안 되기도 하고. 에이는 말했다.

지수가 논리로는 좀처럼 넘어가지 않자 에이는 점차 졸라 대기 시작했다.

"진짜 증명할 방법이 없다고…. 어떻게 하면 믿겠어?"

"그걸 내가 어떻게 알아. 네가 날 믿게 해야지."

"정 그러면 지나가는 사람 아무나 잡고 물어봐. 어때? 반응 보면 딱 알걸. 내가 설령 미쳤다 쳐도 공원 사람 전부랑 망상을 공유할 수는 없고, 거기다가…."

"근데 그게 그렇게 중요해? 내가 널 뭐라고 생각하든. 난 어차피 여기 나올 거고, 산책 안 할 것도 아닌데."

지수가 되물었다. 에이는 지수의 질문에는 대답하지 않고 받아쳤다.

"내가 미래인인 척하는 사기꾼이라면 오히려 미래를 다 안다고 하지 않을까? 바꿀 방법이 있다고 하거나. 굳이 자세한 건 아무것도 모른다고 말하지는 않을 거야."

지수는 말의 내용보다는 에이의 집요함에 조금 설득되고야 말았다.

원하는 답을 얻어낼 때까지 끈질기게 미래 얘기를 꺼냈던 에이는 다른 것에는 딱히 집착을 보이지 않았다. 플라스틱에 대해서도 마찬가지로 쿨한 태도였다. 지수는 한 번도 음료수를 들고 올림픽공원을 돌아다닌 적이 없었다. 텀블러 반입이 안 돼서 산책하면서 뭘 마시려면 일회용 플라스틱 컵을 쓰지 않을 수 없었기 때문이다. 지수가 대단한 환경보호주의자였던 것은 아니었다. 비닐봉지도 배달 용기도 쓸 만큼 썼고 채식주의자도 아니었다. 다만 카페 알바를 하면서 하루에 나가는 플라스틱 컵의 양을 본 이후로 어쩐지 두려워서 일회용 컵만은 쓰지 않고 있었다.

"테이크아웃 안 해?"

에이는 21세기 사람처럼 아무렇지 않게 물었다.

"나가서 마시자."

지수가 순간 망설이자, 에이는 덧붙였다.

"어차피 내 혈관을 흐르는 플라스틱이야. 내가 좀 쓰면 어때. 괜찮아. 너도 써. 너희 원망 안 해."

다른 사람이 말했다면 시니컬한 농담이라고 생각했을 테지만, 에이는 농담을 하는 타입이 아니었다.

우린 이런 거 없는데. 이런 거 좋다. 에이는 평소처럼 감탄을 아끼지 않으며 음료를 양손에 하나씩 들고(그날따라 커피 계열과 과일 음료 중에 결정할 수 없다고 했다) 그들이 좋아하는 벤치로 향하는 길을 걸었다. 에이는 하도 그런 말을 자주 해서 지수는 이제 에이가 온 곳에 없는 것의 목록을 작성할 수도 있을 것 같았다. 산책을 가능하게 하는 수많은 것들. 맨살을 아프지 않게 만지는 바람, 15도에서 20도 사이의 기온(이것은 필수 사항은 아니었지만 기쁨의 큰 부분이었다), 숨 쉬는 것을 쉽게 해주는 습기, 필요 없는 곳까지 눈부실 정도로 빽빽한 빛. 이름이 긴 음료와 길거리 음식. 그리고 아마도 존댓말….

'그럼 있는 게 뭐야?' 지수가 물은 적도 있었다. 에이는 그것만큼은 끝까지 얘기해주지 않았다. 말하면 안 되는 건 아닌데… 그는 답지 않게 말을 흐리곤 했다.

반짝이는 퇴근길을 바라보는 곳에 위치한, 버스 정류장처럼 생긴 벤치는 에이가 제일 좋아하는 곳 중 하나였다. 그들은 신발을 벗고 가부좌를 틀고(에이의 경우는 종종 무릎을 껴안고) 앉아서 자전거길 너머에 있는 4차선 도로의 반짝임을, 도로를 둘러선 성 같은 아파트 단지를 감상했다.

땅거미가 지는 시간, 찰랑찰랑한 음료를 담은 플라스틱 컵은 편하고, 예뻤다. 잠시지만 진짜 예쁨이었다. 어쩌면 인류가 미래를 대가로 치르고 얻은 모든 것들과 마찬가지로… 에이는 그것들을 그냥 즐기기로 한 것 같았다.

가을 낮은 눈 깜빡할 사이에 지나가고, 밤은 알바 내내 걷고도 더 걷고 싶어질 정도로 아까웠다. 지수는 가끔 첫차를 타는 대신 걸어서 자취방에 돌아왔다. 뭘 해도 아쉬워지는 날씨였다.

지수는 몇 번 오후가 다 가도록 늦잠을 자고, 지각할 뻔했다. 생각도 못 한 뉴스를 들은 것은 그날도 늦으면 잘릴 것 같아 택시를 탔던 날이었다. 바깥세상에서는 올림픽공원 VIP 개장(뉴스에서는 그렇게 불렀다)이 나름 논란인 모양이었다. 공식적으로는 시설 보수로 12월 말까지 임시 폐쇄라고 했는데, 밤새도록 불이 켜져 있었고 멀쩡히 오가는 사람들의 모습도 찍혔기 때문이었다. 광란의 파티가 벌어지고 있다는 의심도 있었다.

너무 말도 안 되는 얘기라 에이에게 얘기해주고 같이 웃으려 했지만, 깜빡 잊고 말았다. 지수는 밤 산책에 취해 다른 많은 것들도 깜빡 잊고 신경 쓰지 못했다. 경찰인지 군인인지 모를 사람들이 체조 경기장 앞 잔디마당까지 들어와 이용객 몇 명을 연행해가던 날의 소란이 아니었다면 끝끝내 공원에서 진짜로 벌어지는 일을 눈치채지 못했을지도 몰랐다. 지수는 무슨 일이지 하고 잔디마당의 어스름 속 눈을 가늘게 뜨고 지켜봤다. 세상 편하게 누워 있던 에이는 잠깐 몸을 일으켰다가 다시 팔을 베고 눈을 감으며 지수더러 신경 쓸 것 없다고 했다.

"멀쩡히 있는 사람들을 왜 잡아가?"

"어제도 몇 명 탈출해서 그럴걸. 보통 몇 시간 안에 잡히는데 아직 안 잡혀서. 지금 잡혀가는 사람들은 아마 도와준 사람들이고…."

상황 자체를 잘 이해하지 못하는 지수를 보고, 에이는 덧붙여 설명했다.

"남은 시간이 줄어들수록, 너희 말로 뭐라고 하지, 멘탈 관리가 안 되는 사람이 많아져. 21세기에 집착해서 정상적 상황 판단을 못 하게 되는 거지."

나는 걱정하지 마, 에이가 덧붙였다. 그런 데 얽히고 싶지 않아서 친하게 지내는 사람도 딱히 만들지 않는다는 것이었다.

"친한 사람 전에 그 사람 있지 않나. 에스였나. 매일 자바칩 음료 주문하던 사람."

지수는 문득 생각나서 물었다. 그러고 보니 한참을 못 본 것 같았다.

"아, 그분…."

자기 방에 틀어박혔고, 아마 앞으로도 산책길에서 볼 일은 없을 거라고 에이는 말했다.

"왜?"

"타임스틱 블루라고 해. 우리는."

과거를 구경하고 자기 처지를 비관하게 되는 사람이 은근히 많다는 것이었다. 여행사 주최 사전교육까지 받고 왔는데도 많은 사람이 우울증에 시달리고 있었고, 돌아갈 날이 다가올수록 늘어나는 추세였다. (시간 여행객의 정신 건강 따위는 안

중에도 없는 일회성 여행사들도 있었지만 올림픽공원 3개월 대여 상품을 내놓은 여행사는 경험이 많은 곳으로 여행객 전용 상담 프로그램도 운영하고 있었다. 이전에도 소규모로 서울 곳곳의 공원과 산책길을 대여한 적이 있다고 했다.)

"욕심이지."

여기 한번 오는 게 얼마나 큰일인데, 평생 과거 여행만 보고 돈을 모으고도 계속 로터리에 떨어지는 사람도 있다는 것이었다. 왜 거기서 더 욕심을 부려. 에이는 팔베개를 하고 무슨 노인처럼, 남의 일 얘기하듯 말했다. 말려 올라간 소매 아래로 예전의 하얗고 구겨진 살이 보였다.

지수는 몇 번 생각했다. 욕심과 사랑을 어떻게 구별하지. 좋아한다는 건 미련을 갖는 일 아닌가. 그리고 산책은 미래를 기약하는 척하지만 사실 미련에 찬 행위였다.

에이와 지수는 많은 시간을 테마파크와 바깥세상의 경계 지역에서 보냈다. 가장 자주 다녔던 곳은 동북쪽 자전거길에 접한 지역이었다. 자전거길은 테마파크 개장 초기에는 일종의 DMZ 상태였지만 송파구 주민들 항의로 10월 중순 다시 개방되었다. 한번은 물이 빠진 도랑까지 같이 내려갔다. 뭘 보기 위해서는 아니었고 그냥 내려가보기 위해서였다.

원래 자동차만 다니던 것 같은 후문 쪽 터널도 좋았다. 어쩌다 길을 잃었다가 발견한 곳이었다. 터널과 이어진 주차장에는 비둘기들만 앉아 있었다. 음료수를 하나씩 들고 살짝 경

사진 내리막에 앉으면 갈대 흔들리는 성내천이 보였고, 둘 셋씩 짝을 이루어 걸어가는 사람들이 보였고, 그들의 손마다 들린 빛이 보였다. 알바 지침 6조 때문에 너무 오래 앉아 있을 수는 없었다. '산책'에는 카페와 호숫가 등에 앉아서 보내는 시간도 포함됐지만 앉아 있는 시간과 이동 시간의 비율은 1대 2로 철저히 유지되어야 했다. 에이는 지수가 '아, 일어나야 되는데.'라고 말하면서 꼼짝하지 않는 걸 무엇보다 재밌어했다. 불평만 하고 버티고 있으면 먼저 일어나서 일으켜주기도 했다. (진짜로 에이에게 몸무게를 의지하고 일어날 수 없다는 건 지수도 몇 번의 시행착오를 거쳐 배운 뒤였다. 잘못해서 힘이라도 주는 날이면 에이는 다음 날 어김없이 팔을 삐걱대며 나타났다. 미래인들은 대부분 골다공증과 피부민감증에 시달리고 있다고 했다.) 에이의 팔목에는 항상 야광 팔찌와 비즈 팔찌들이 반짝였다. 팔찌들의 빛을 보면 마음이 들뜨는지 서늘해지는지—둘 다인 것 같기도 했다.

산책하는 사람은 점점 줄어들었다. 파크텔에서 나오지 않는 혹은 나올 수 없게 되는 이용객들 때문이기도 했지만 줄어들고 있는 건 이용객만이 아니었다. 지수는 에이와 다닌 이후로 알바들과 서먹해진 터라 자세한 사정은 몰랐지만, 몇 명이 한꺼번에 그만두거나 잘렸고, 그 인원을 보충하지 않을 모양이었다. 카페 줄은 끝이 없었고 판매 쪽 알바는 정신없이 바빠 보였다. 어차피 카페 메뉴는 다 섭렵한 터였고, 지수와 에이는 편의점 음료로 옮겨 갔다.

11월부터는 크리스마스 드레스코드로 출근하라는 지침이 내려왔다. 카페마다 리스 장식에 캐럴이 흘러나왔고, 좌판에서 파는 머리띠도 크리스마스 테마로 바뀌었다. 공원에는 눈도 몇 번 내렸다. 일기예보에도 없었고, 송파구를 나가면 내린 흔적조차 없는 눈이었지만.

선물도 못 주고받게 하면서 무슨 크리스마스야. 지수는 몇 번 불평한 터였다. 사실 지수는 에이와 반대였다. 상습적 불평쟁이였다. 하지만 불평하지 않는다고 아쉬워하지 않는 게 아니듯 불평한다고 해서 좋아하지 않는 건 아니었다.

사람이 줄어드는 것은 리얼리즘적으로 나쁘지 않았다. 실제로 산책에 정말 미련 많은 사람이 아니면 일몰 뒤 올림픽 공원에 나오지 않을 계절이었다. 빛 속에 춤추는 먼지들조차 전보다 조용했다. 이용객들은 때때로 세계 평화의 문 아래 너무너무 가만히 서 있었다. 모든 내려앉는 빛의 조각을 눈에 담으려는 듯이.

"2020년대로 오길 잘한 것 같기도."

하얀 기둥들이 서로를 마주 보고 선, 빛의 신전이었나 하는 제목의 조각 앞에도 종종 이용객들이 모여 있었다. 에이는 지수의 아이스 아메리카노를 마시다가 말했다.

다른 시대로 갈 수도 있는 거였나 지수는 생각했다. 에이는 그날따라 수다를 떨 기분인지 묻지 않았는데도 미래 얘기를 했다. 원래는 말을 많이 해도 눈앞에 보이는 것에 대한

'우와―'나 지수와의 의미 없는 말놀이가 대부분이었다.

2010년대나 2020년대는 사실 엄밀히 말하면 기후 대격변이 시작된 이후라 로터리 경쟁률이나 경매 가격이 1990년대나 2000년대만큼 높지는 않다고 했다. 가성비 패키지에 가까웠고, 미세먼지와 온난화 이전의 '진짜' 날씨를 원하는 사람들은 2010년대 이전으로 향했다.

"경쟁률이 제일 높은 건 1990년대? 1990년대 배경 드라마가 많아지고. 편의성 때문에 2000년대 아니면 안 가겠다는 사람도 있어. 1980년대도 얼마 전에 드라마가 히트해서 가격이 올랐고, 일제 강점기 경성으로도 많이 가고."

익스트림하게 선선한 날씨를 원하면 아주 고대나 16~18세기 소빙하기로 가기도 하는데 에이는 계약서를 대충만 봐도 엄두가 안 났다고 했다. 안정적 정치체가 없어서 계약을 하고 간다고 해도 사실상 운에 맡기는 부분이 많더라고. 에이는 설명했다. 말도 처음부터 다시 배워야 되고. 놀러 가는 건데 그렇게까지 하긴 싫었지.

"2030년대는?"

큰길을 벗어나 멀리 고층 아파트들이 보이는 풀밭을 가로지르면서 지수가 물었다. 지수는 발길 가는 대로 산책하는 걸 좋아했고, 에이는 가끔 잠깐만 쉬자고 할 때를 빼고는 잘 따라왔다.

"20x0년대까지는 저가형 패키지가 있어. 그 이후는 굳이 구경 갈 이유가 없달까. 난 2020년대 이후는 어차피 생각이 없었어. 한 번 가는 건데 좋은 데 가야지."

"너 미래에서 돈 좀 있구나."

지수의 말에 에이는 웃었다.

"있었지. 근데 여기 다 썼어. 진짜."

"진짜야? 아니지?"

"진짜야. 다 썼어."

"그럼 돌아가서는 어쩌려고."

"돌아가서? 너 이제 나 진짜 믿나 보네?"

에이는 자연스럽게 딴소리를 했다. 너무 자연스러워서, 지수는 에이가 말을 돌렸다는 사실을 나중에야 깨달았다.

새벽 깊어서야 도착한 세계 평화의 문 앞, 길거리 음식 좌판에는 호떡이 김을 뿜고 있었다. 그동안의 관찰 결과 이용객들은 많이 먹지는 못했다. 에이도 마찬가지였다. 그냥 그런 음식들이 눈앞에 있다는 사실에 기쁨을 느끼는 것 같았다.

더 이상 출근하지 않아도 된다는 문자는 11월 말의 오후 네 시에 도착했다. 얼마 전에 꺼낸 겨울 이불에 파묻혀 눈을 비비고 있던 지수는 어두워지는 방 안에서 한참을 생각에 잠겼다. 일곱 시 반, 지수는 긴 코트와 캡모자, 선글라스, 비니에, 시간을 보낼 아이패드와 보조배터리를 챙겨 집을 나섰다. 올림픽공원 근처에는 또 조금씩 눈이 내리고 있었고 파크텔을 제외하면 거의 완전한 어둠에 잠겨 있었다. 멀리서 봐도 정문에는 지키는 사람들이 있었다. 하지만 올림픽공원 둘레를 다 감시할 수는 없을 것이었다.

지수는 에이와 처음 만났던 곳 근처에서 휴대폰을 최대 밝기로 켜고 기다렸다(혹시 에이가 자신을 못 보고 지나치지 않도록 하기 위해서였다). 매장 불도 꺼져 있었고 알바도 없었지만 그래도 이용객들의 산책까지 막지는 않을 것 같았다. 나중에는 하도 심심해서 공지 문자를 다시 읽다가 12월 급여의 50퍼센트는 정상적으로 지급된다는 구절도 발견했다. 듣던 중 반가운 소식이었다.

인기척은 그날의 웹툰이 업로드되고도 삼십 분은 지나서야 들렸다. 에이는 뭔가 할 말이 많은 얼굴로 다가왔다. 지수가 단도직입적으로 물었다.

"내가 들어갈까 아니면 네가 나올래?"

"내가 나갈게."

"괜찮겠어?"

"어차피 이제 끝인데 뭘."

그는 호기롭게 울타리를 기어오르기 시작하지만 두 번이나 실패했다. 결국은 지수가 달라붙어서 끌어내려줘서 겨우 나올 수 있었다.

카페에 들어가면 바로 들킬 것 같았고, 공원 근처에 서 있기에는 추웠을 뿐 아니라 확실히 수상했다. 사람 많은 데 가자. 지수가 말했고 두 사람은 잠실역과 석촌호수 쪽으로 향했다.

"혹시 몰라서 선글라스랑 비니 가져왔어."

에이는 꽤나 관광객티를 내지 않고 걸었지만 롯데몰 앞에

서는 조금 멍해지는 것 같았다. 애비뉴엘 앞은 원래 일 년 내
내 크리스마스 같고 밤늦게까지 사람이 다녔지만 그날은 이
상하게 사람이 많았다. 텐트에 불을 밝힌 사람들부터 의자에
서 휴대폰을 만지는 사람들, 핫팩을 쥐고 배낭 위에 앉은 사
람들까지. 나이대도 제각각이었고 위험해 보이지는 않았다.
지수와 에이가 주변을 두리번거리며 몇 번을 왔다 갔다 해도
전혀 경계하는 낌새가 없었다. 지수는 초현실적인 기분이 되
었다. 모르는 사이 미래로 출발하는 우주선이라도 오기로 한
게 아니고서야….

지수는 갑작스러운 깨달음을 얻었다.

"우리 여기 앉자."

샤넬 오픈런이었다. 적어도 백화점 개장 시간까지는 안전
한 셈이었다. 누가 에이가 없어진 걸 발견하고 찾으러 오더라
도 샤넬 핸드백을 사기 위해 밤새 줄을 서 있으리라고는 상상
도 못 할 것이었다. 그들의 왼쪽 옆자리와 그 옆자리는 텐트
였다. 잠시 후 지수와 에이 뒤에 자리를 맡은 사람도 에어팟
을 끼고 있었다. 아무도 듣지 않는 걸 확인하고 지수는 바로
말했다.

"어떻게 된 거야?"

"열 명 정도가 탈출했어. 같이. 이틀이 지나도 잡히지 않았
고. 프로그램 긴급 중지라고. 어이없지."

에이는 웃었다. 지수는 비로소 약간 긴장이 풀려 자신이
얼마나 추웠는지 깨달았다.

"그럼 한 달 동안 뭐해?"

"그냥 공원 안에 갇히는 거지 뭐."

근데 여기 좋다. 은은하게 빛나는 거대한 건물을 올려다보며 에이가 덧붙였다. 진짜 과거적이야.

지수는 처음으로 전자기기를 갖고 만난 김에 에이에게 유튜브나 잔뜩 보여줄 계획이었지만 에이는 별 관심을 보이지 않았다. 모니터 속보다는 잠실역 사거리에 더 관심이 많은 것 같았다. 두 사람은 에이의 강력한 요청으로(뒷사람에게 자리를 맡아달라고 부탁하고) 잠실역 1번 출구 무지개색 계단도 내려갔다 오고, 자전거 주차장도 살폈다.

돌아온 이후 에이는 점점 조용해지다가, 결국은 편의점에서 산 핫팩을 쥐고 벽에 머리를 기댄 채 잠자코 있었다. 잠든 것 같기도 했다.

"넌 그럼 내일 미래로 돌아가?"

깊은 생각 없이, 그저 말을 이어가고 싶은 마음에 지수가 물었다.

"응?"

에이는 눈을 천천히 깜빡이며 되물었다.

"규칙 위반하면 관광 종료라고 하지 않았어?"

"음… 종료는 맞아. 돌아가진 못해. 그랬다가는 진짜 다들 탈출할걸."

"야… 그게 무슨 소리야."

지수는 심상치 않은 기운을 감지하고 말했다.

"즉시 사살이긴 한데, 그게 네가 생각하는 만큼 큰일은 아니야. 내가 살날이 몇십 년씩 남은 것도 아니라. 너희 사람들에게만큼 막 그렇게 무서운 일은 아니란 거야. 그러니까 너도 너무 심각하게 받아들이지 않으면 좋겠어."

에이는 자신이 20대 중반이고, 시간 여행을 한 번 하면 생각보다 DX선을 많이 맞아서 어차피 수명이 얼마 남지 않았다고 설명했다. 20대 중반이면 벌써 중년이고 DX선은 내장과 특히 소화 기관에 회복할 수 없는 상흔을 남긴다는 것이었다. 에이는 확실히 뭔가를 설득하려 하고 있었다. 자신이 미래인이라고 끝끝내 주장할 때 이후로 에이가 그렇게 열심히 말하는 건 처음이었다.

"어차피 돌아가도 금방 죽는다는 거야?"

"응."

"그래서 상관없다고?"

에이는 팔찌를 매만졌다.

"내 일이라고 과하게 심각하게 생각하고 싶지는 않아. 냉정하게 말해서 사살 당하는 것보다 더 싫은 것도 많고. 이를테면…."

"이를테면?"

"여러 가지."

"어떤 거?"

"그냥. 내가 안 할 것들."

차가운 날씨에 기분은 나쁘지 않았지만 슬슬 손끝의 감각

68

이 무뎌지기 시작하고 있었다. 지수의 마음은 기묘하게 차분했다. 지수는 구름이 하얗게 보이는 밤하늘을 올려다보면서 상황을 반전시키기 위해 열심히 생각했다. 이제라도 들키지 않고 돌아갈 방법이 있으려나. 당장 일어서면 네 시쯤에는 올림픽공원으로 돌아갈 수 있을 텐데 얘가 말을 들으려나, 같은 생각이 한 편에 있었고, 다른 한 편으로는 돌아가는 길에 한강 산책 아니면 석촌호수 한 바퀴를 끼워 넣을 수 있을까 싶었다.

어처구니없는 여유 부리기인지도 몰랐지만 처음이자 마지막 서울 나들이일 텐데 오히려 꼭 해야 하지 않나 싶었다. 이 시간에 한강에 들어갈 수 있나 같은 잡다한 고민에 덧붙여, 이것이야말로 정말 심오한 고민이었는데, 새벽을 잘 끝낼 방법이 아무리 해도 떠오르지 않았다. 미련 없이, 깔끔하게, 나쁘지 않게 새벽을, 가을을 끝낼 방법이.

미련 없이 끝내는 방법이 있기는 한가? 에이는 깔끔하게 선을 그은 사람처럼 보였지만 에이의 깔끔함을 믿기에는 지수가 이미 에이를 너무 잘 알았다. 에이는 솔직한 사람이었지만 자기 자신에게 솔직한 사람은 아니었다.

그때였다. 새벽 두 시의 광기가 섞인 묘책이 지수 머리를 스친 건. 아니 묘책이라기보다 아직 완전한 형태를 갖추지 못한 어떤 의지에 가까웠다.

지수는 잠든 것처럼 가만히 있는 에이의 팔을 흔들었다. 야광 팔찌들이 흔들렸다. 몇몇은 10월부터 끼고 다니던 팔찌로 야광이 희미해져 빛이 아주 멀어져 있었다.

"다른 사람들은 왜 붙잡혔어? 알아?"

에이는 이제 진짜로 졸린 듯했다.

"멀리 가지도 못했어 다들. 대책 없이 그냥 공원 주변을 배회하다 붙잡혔지…."

"그럼 멀리 가면 안 잡혀?"

"응?"

"우선은… 나도 어떻게 하는지는 모르겠어. 누군가의 명의가 필요해. 그걸로 휴대폰을 만들어야 돼. 그 다음에는—그것만 있으면 어떻게든 될 거야. 그리고 돈… 돈은 내가 좀 줄게."

에이는 천천히 눈을 뜨고 무슨 소리야 하는 눈빛으로 지수를 쳐다보았다.

지수는 종종 이유를 알 수 없는 사명감에 사로잡힐 때가 있었다. 안 해도 되는 한마디를 꼭 했다. 집에서 쫓겨나던 그날도 그랬고, 학과 선배들과 척을 졌던 그날도, 에이에게 미안이라는 한마디를 꼭 해야만 했던 10월의 그날도 마찬가지였다. 마음속의 목소리를 따라서 지수의 인생이 더 나아진 적은 한번도 없었고 오히려 그런 식으로 서서히 혼자가 되었지만 말이다.

지수는 갑자기 도시가 얼마나 차갑고 거대한 곳인지 깨달았다. 새벽 내내 마치 서울 주인이라도 되는 양 아는 척하며에이를 안내했지만 사실 지수는 21세기의 서울을 살아갈 방법을 제대로 알고 있는 것도 아니었다. 겨우 한 몸 살아갈 자격을 위해 매일 돈을 벌고 있었을 뿐 누군가를 살게 할 방법도 몰랐고, 뭔가 주려면 가진 것을 나누는 수밖에 없었다.

얼마를 꺼내줘야 하지. 나는 공원 알바 기록이 남아 있을 텐데 ATM기에서 갑자기 돈을 뽑으면 의심받지 않을까. ATM 기 있는 24시간 편의점 어디 있지. 휴대폰은 어떻게 하지. 휴대폰 없으면 살기 엄청 힘들 텐데. 대포폰은 어떻게 개통하더라. 또 뭘 알아야 되지. 지수의 머리는 바쁘게 돌아갔다. 22년 인생 최대의 말도 안 되는 결정을 내릴 때까지.

"일단 따라 와."

이제 와서 어딜 가느냐고 묻거나 조금만 더 앉아 있자고 할 줄 알았는데 에이는 의외로 순순히 따라왔다. 지수는 공원 알바비를 따로 떼어 저금하던 통장의 카드를 꺼내서 에이에게 건넸다.

"일단 버스 갈아타는 법이랑 교통카드 쓰는 법을 알려줄게."

첫차 시간이 가까웠다. 그들은 벌써 제법 차가 다니기 시작한 잠실역 사거리를 건너, 편의점에서 현금으로 마스크 몇 장과 교통카드를 샀다. 지수는 가진 현금의 반을 써서 카드를 충전하고 남은 반을 에이에게 줬다. 날이 완전히 밝기 전 에이가 어디든 들어가야 해서 선택지가 많지 않았다. 그들은 외국인이 많은 번화가의 숙박 시설을 검색하고, 루트를 외우고, 첫차가 오는 시간까지 계속 정거장에서 아이패드로 '서울 한 달 살기', '외국인 서울 체험', '서울 적응 브이로그' 같은 키워드로 검색한 유튜브 영상들을 보면서 속성 서울 살기 레슨을 했다.

버스 도착 예정 시간이 2분 남았을 때 지수는 하나의 결정을 더 하고, 아이패드 비밀번호를 풀어서 에이에게 건넸다. 가방에 들어 있던 충전기와 함께.

"휴대폰 대신은 안 되겠지만 이거 가져. 뭔가 모르겠으면 유튜브에 검색하고, 그래도 모르겠으면 외국인인 척하고 편의점 알바 같은 사람한테 물어봐. 서울은—서울은 올림픽공원이랑은 달라. 거기는 21세기 서울에서 제일 예쁜 곳이야. 그래서 다들 오는 거야. 하지만 넌 서울도 의외로 싫어하지 않을지도 몰라. 결국은 예쁜 구석이 있는 도시니까…. 마음 같아서는 데려다주고 싶은데 나는 같이 못 가."

"알아. 내가 없어지면 너도 의심받을 테니."

에이는 침착하게 말했다.

"조금만 해보고, 정 힘들면 그냥 처음 계획대로 자수할게."

지수는 솔직히 웃을 기분이 아니었지만 웃음이 나왔다.

"어떻게 해서든 안 잡히겠다고 하면 안 돼?"

"네 돈 이렇게 써도 되나 싶어."

"안 되는데, 그냥 써. 바로 잡히지만 마. 허무하니까."

"지수야."

"어. 저기 온다 xxxx번."

에이는 더 할 말이 있는 것 같았지만 '나중에'를 남기고, 때마침 도착한 버스에 꽤나 자연스럽게 올라탔다. 교통카드 리더 앞에서 잠시 멈칫하는가 싶었지만 역시 서울 사람이라 그런지 서울 사람 흉내가 그럴듯했다. 버스는 미세먼지와 안개가 구분할 수 없이 뒤섞인 도시 속으로 멀어져 갔다.

짐리원

서울대학교에서 미학과 영문학을 전공했고, 미국 피츠버그 대학교에서 동물 윤리와 문학으로 박사 학위를 받았다. 지금은 서울에서 환경 윤리와 문학에 대해 강의 중이다. 2023년 제3회 문윤성 SF 문학상 중단편 부문 우수상을 수상했다. 기후 변화와 환경 오염, 서울에 대해 계속 쓰고 싶다.

작가의 말

끔찍한 얘기는 싫다고 생각했다. '진짜 세계'가 끔찍하다면
더더욱. 픽션 속 세계는 슬프더라도 끔찍하지 않고, 두려운
만큼 두근거리고, 뭔가를 잃더라도 소중한 것이 남는 곳이라
면 좋겠다고. 그래서 장르 문학을 좋아하게 됐고, 그래서 〈올
림픽공원 산책지침〉을 썼다.

〈올림픽공원 산책지침〉은 무엇보다 사랑 얘기다. 날씨에
대한 사랑. 같은 시대를 살아가는 친구에 대한 사랑. 근거 없
이 들뜨는 사랑. 날씨 앱을 스와이프하는 행위가 실존적 불안
을 주고, 지난 가을과 같은 가을이 돌아올 거라는 간단한 기
대조차 할 수 없는 시대에, 마음이 조금은 밝아지는 얘기를
쓰고 싶었다. (성공했기만을 바란다.)

〈올림픽공원 산책지침〉이 세상에 나오는 데 도움을 주신 모든 분들과 모든 우연에 감사드린다. 이번 여름도 무시무시하지만 그래도 여름의 끝에 올림픽공원으로 산책갈 날이 정말정말 기대된다.

가작

러브 앤 피스

고하나

1

사루비아는 김다정의 나무였습니다. 김다정의 나무는 고그린 공원에서 유일하게 붉은 계열의 꽃을 피우는 배롱나무로, '목백일홍(木百日紅)'이라고도 알려졌지만 김다정과 장호영, 그리고 현지우의 세계에선 '사루비아'라고 불렸습니다. 인식하기 전부터 그 자리에 서 있던 것들의 뿌리는 으레 모호하게만 짐작하기 마련이지요. 그 모호한 짐작을 진실이라 믿기도 합니다.

김다정에게 고그린 공원 팔각정 앞 배롱나무 사루비아도 그랬습니다. 김다정은 사루비아의 기원을 대충 헤아렸고 빈부분은 믿음으로 메꿨습니다. 바로 김다정의 할아버지가 배롱나무를 심었다는 믿음이었지요. 배롱나무 아래로 붉은 꽃이 떨어지던 어느 9월, 할아버지가 근처의 잡초를 뽑던 모습이 김다정의 믿음에 확신을 심어주었는데, 김다정은 이 나무를 심은 게 할아버지가 맞느냐 직접 물어본 적은 없었습니다. 어차피 김다정이 믿는 게 진실이었으니까요.

그러나 고그린 공원 팔각정 앞 배롱나무는 마을 최초의 공원을 조성할 때 공원 기획을 담당하던 시청 직원 녹지과 이영옥 과장이 희망슈퍼 할머니의 소개로 근교 수목원에서 2년생 묘목을 구해온 것입니다. 묘목이었던 배롱나무는 세월이 흘러 김다정이 고그린 공원에서 뛰어놀 때쯤 키가 4미터가 넘었고, 김다정이 "이 나무는 내 거야!"라고 선언한 뒤로 김다정의 나무가 되었습니다. 진분홍 꽃을 흐드러지게 피운 모습에 홀딱 반해버린 김다정이 '사루비아'라고 이름 붙이자 사루비아가 되었고요.

그 무렵 김다정은 TV 만화 〈웨딩 피치〉를 열심히 보고 있었는데 주인공 피치보다 조연 캐릭터를 더 좋아했습니다. 처음엔 요술봉 꽃잎이 화려하다는 이유로 데이지를 좋아하다가, 새로운 캐릭터 사루비아가 등장하자마자 사루비아에 열광했지요. 사루비아를 이루는 것들이 가장 김다정의 취향이었습니다. 용사의 검을 닮은 요술봉도, 새빨간 머리카락도, 보랏빛 동공 색상까지 전부요. 혹은 사루비아를 좋아하면서 김다정의 취향이 형성된 것일지도 모릅니다. 사루비아 덕분에 '취향'이라는 것에 자의식 가지게 됐을 수도 있지요.

고그린 공원의 배롱나무는 팔각정의 팥색 지붕과 백일홍 꽃잎의 정취가 어우러져 신비로움과 권위가 더욱 빛났습니다. 김다정은 만화 속 사루비아가 강단 있게 검을 휘두르는 모습을 그 위로 겹쳐 봅니다. 김다정은 자기 나무에 '사루비아'보다 더 좋은 이름을 붙일 수 없었을 거예요.

김다정네 동네엔 속셈 학원도 태권도 학원도 없었고, 아이들은 공원 곳곳을 쏘다니며 역할 놀이를 했습니다. 김다정과 장호영과 현지우의 세계는 공원의 나무들 중심으로 흘러갔습니다. 셋이 함께 뛰어놀던 고그린 공원은 '파라다이스 왕국'이 되었습니다. 파라다이스 왕국이라는 이름은 현지우네 집에 놀러 간 날 김다정이 만들었습니다. 현지우네 엄마 서재에서 《실낙원》이라는 책을 발견했는데, '실낙원(Paradise Lost)'이라는 단어가 풍기는 우아함에 이끌렸거든요. 김다정이 알던 모든 재미있는 이야기엔 매력적인 배경이 있었습니다. 샤이어. 호그와트. 그리고 어린이를 위한 역사 만화책 속 조선이 있었죠. 고그린 공원의 나무들에게도 마땅히 그런 배경이 필요했습니다. 이를테면 '낙원'이라는 뜻을 가진 배경처럼요. 파라다이스. 이 단어는 김다정의 이야기를 담을 커다란 스케치북이 될 수 있을 정도였습니다.

김다정의 나무 사루비아는 파라다이스 왕국의 중전마마로 등극했습니다. 만화 〈웨딩 피치〉와 사극 〈여인천하〉를 동시에 재미있게 본 아이들에겐, 서양풍의 이름을 가졌으면서 동시에 조선시대인 세계관이 자연스러웠습니다. 아이들은 그 세계의 진실성을 믿었으니까요. 김다정과 장호영과 현지우는 공원의 거의 모든 나무들에게 이름 붙이고 역할을 부여했습니다. 폐하. 중전마마. 장군님. 왕세자. 책사. 신탁을 전하는 사제. 영의정. 무역상. 화랑. 사관. 아이들은 통치제도와 조세 제도 같은 사회 구조의 세밀함은 건너뛰었습니다. 대신 파라다이스 왕국에서 살아가는 나무들과 나무들의 관계에 집중했지요. 그렇게 김다정과 친구들은 나무들이 활약하고 사랑하고 갈등하는 이야기를 만들었습니다.

파라다이스 왕국의 중전마마가 사루비아였다면, 왕은 파파시아가 맡았습니다. 파파시아는 공원에서 가장 키가 큰 소나무입니다. 당시 동네에서 가장 높은 아파트는 7층짜리 동해 아파트였는데 장호영의 사촌형이 동해 아파트보다 파파시아가 더 크다고 말한 뒤로, 아이들에게 파파시아는 '세상에서 가장 큰 나무'가 되었습니다. 그것만으로 왕이 될 자격이 충분했지요. 고그린 공원의 후문 계단으로 올라오면 동해 아파트를 내려다볼 듯 키가 높게 뻗은 파파시아를 볼 수 있었는데, 그 모습이 마치 파라다이스 왕국을 지켜주는 것 같았거든요.

키가 크다는 점 말고도 파파시아가 왕이 될 명분은 많았습니다. 우선 파파시아는 사시사철 솔방울을 떨어트려 아이들의 놀이에 제법 도움을 주던 나무였어요. 하지만 파파시아가 왕위에 오를 수 있었던 결정적 이유는 파파시아의 위치 때문입니다. 파파시아는 사루비아와 팔각정을 사이에 두고 서로의 모습을 볼 수 없도록 가려져 있었고, 이때문에 김다정이 사루비아와 파파시아를 결혼시키기로 마음 먹었거든요. 김다정은 사극에 나오는 왕과 중전마마가 먼 거리의 처소에서 따로 지낸다는 점이 특별하다고 여겼습니다. 관습의 맥락은 알지 못했어요. 다만 시늉했을 뿐입니다. 중전마마와 결혼했으니 파파시아가 왕이 되어야 했지요. 동해 아파트보다 키가 큰 파파시아는 그렇게 사루비아의 남편이자, 파라다이스 왕국의 왕이 되었습니다.

파파시아 바로 곁에 우뚝 서 있는 향나무엔 '디케'라는 이름을 주었습니다. 디케는 파라다이스 왕국의 영의정이자 평화 책사였습니다. 공원에서 가장 몸통이 두꺼운 느티나무는, 왕세자면서 장군인 '나폴레옹'이 되었습니다. 아이들은 실제 나폴레옹은 키가 작았다는 걸 개의치 않았어요. 다만 위인전에서 읽은 나폴레옹은 늠름한 이미지였고, 그 뉘앙스를 차용했을 뿐입니다. 부드러운 잎을 피우고 보랏빛 열매를 맺는 굴거리 나무에는 '허준'이라는 이름을 주었습니다. 허준은 파라다이스 왕국의 의사이자 장호영의 나무였어요. 나폴레옹과 마주 서 있고 바람 불면 잎사귀끼리 부딪히는 소리가 경쾌한 비자나무는 달의 여신 아르테미스였습니다. 해가 저물면 제일 먼저 비자나무 위로 달이 걸렸거든요. 위인전, 세계사 만화책, 사극 드라마, 그리스 로마 신화에서 본 이름들 그리고 개념들 뒤섞인 파라다이스 왕국이 김다정과 장호영과 현지우의 세계였습니다.

김다정은 친구들과 함께 파라다이스 왕국 주제가도 만들었습니다. 그 무렵 노래방에 가면 꼭 부르던 노래 중 선생님을 사랑한다고 고백하는 노래가 있었는데, 김다정은 그 곡의 멜로디가 풍기는 우수에 찬 정서가 마음에 들었거든요. 원곡의 가사와 화자의 감정선은 그다지 중요하지 않았습니다. 김다정이 대입하고 싶은 이야기는 따로 있으니까, 멜로디와 분위기만 빌려오면 됩니다.

파—라다—이스—행—복의—왕국(나—의첫—사랑—너—무
소—중해)
사—랑과평—화—우—리가—지키자(그—사랑나—를—
어—떻게—보실까)

사—랑과평—화—우—리가—지키자
사—랑과평—화—우—리가—지키자

아이들은 라디오로 이 노래 들을 때에도 수정한 가사로 상상하곤 했습니다. 좋아하는 것들은 죄다 자신의 세계로 허겁지겁 끌어들이던 시기였으니까요.

고그린 공원의 팔각정 앞에 서 있던 백일홍 나무에 사루비아라는 이름을 붙인 뒤로 꼭 25년이 흐른 뒤 김다정은, 연차를 내지 않으면 고그린 공원에 닿을 수 없을 정도로 멀어진 곳에 삶을 꾸렸습니다. 장호영, 현지우와 연락이 끊긴 지도 오래였습니다. 사루비아와 함께 파라다이스 왕국을 지켰던 파파시아도, 영의정 디케도, 장군이자 왕세자인 나폴레옹도 김다정의 기억에서 희미해졌습니다.

출근을 앞둔 어느 우울한 일요일 밤, 김다정은 할리우드에서 일하는 여성 감독과 제작자와 배우들이 나오는 다큐멘터리를 봅니다. 그 다큐멘터리는 할리우드 콘텐츠의 기본값이 남자 주인공인 이유와 여자아이들이 어릴 때부터 할리우드 콘텐츠를 보고 자라는 영향을 다룬 작품이었지요. 김다정은 노트북을 덮으며 '사루비아를 중전마마가 아닌 여왕을 시켰어도 괜찮았을 텐데'라며 아쉬워하느라 파라다이스 왕국에서 보냈던 시절을 떠올리게 됩니다. 그렇게 물꼬를 튼 생각이 행동으로 이어져 추석 연휴엔 고그린 공원을 찾았고요.

고그린 공원 나무들의 생태계는 파라다이스 왕국 이야기를 만들던 시절과 비교했을 때 크게 변한 게 없었습니다. 무궁화나무가 있던 자리에 수국과 철쭉이 대신 들어와 있는 정도였어요. 다만 놀이터의 놀이기구는 전부 우레탄과 목재 소재로 바뀌었고 공원 앞에 클린하우스가 생겼으며 측문 계단에 해충퇴치용 가로등이 설치되었단 점에서 인공 시설 풍광은 변했습니다. 공터엔 생활 체육 놀이기구도 들어와 있었지요.

김다정은 사루비아 앞에 설치된 생활 체육 시설—오금 펴기 운동기구—에 앉아 중얼거립니다.

"사루비아, 너는 여왕이야."

파라다이스 왕국을 호령하던 시절 김다정의 시야에선 여자가 가장 높은 위치에 있으면 중전마마였고, 김다정은 당시 견지하고 있던 세계관에서 가장 크고 좋은 걸 사루비아한테 준

거였습니다. 파라다이스 왕국에서 사루비아는 언제나 가장 많이 행동했고, 지시했고, 원하는 걸 다 할 수 있었으니까요.

몇 년 만에 파라다이스 왕국 다녀온 그날, 김다정은 유년 시절 특유의 포근함을 느끼며 편안한 잠을 잤습니다. 잊고 살던 마음의 구역을 따뜻하게 적셔주는 향수가 뿌려졌습니다. 일기장엔 '내일 하루를 나아갈 힘을 얻었다'고 적었지요.

그러니까 다음 날 직장으로 복귀했을 때 사무실 한복판에 솟아오른 나폴레옹을 발견하고 김다정이 느낀 당혹감은, 다른 직원들보다 훨씬 컸을 겁니다.

2

온난화위기농업연구소 사무실 한복판에 정체 모를 느티나무가 나타났다는 뉴스는 빠르게 퍼졌지만, 대부분의 사람들은 조작을 의심하거나 도시 전설 취급했습니다. 이틀이 지나자 지역 뉴스 기자들만 관심을 가졌습니다. 석유 파동이 국제 뉴스를 뒤덮었고, '검정 쫄쫄이 무리'로 불리는 상습 폭행범들이 전국적 악명 떨치고 있었으며, 건설사와 제2금융권이 엮인 게이트가 열리고 있었거든요.

연구소에 나무가 나타난 건 신기한 현상이긴 했으나 범인

의 존재 여부조차 불분명했습니다. 금세 보도 우선순위에서
밀렸지요. 게다가 둘레 6미터에 높이 8미터짜리 나무가 하루
아침에 저절로 솟아올랐다고는 믿기 힘들었을 거예요. 사람들
은 온난화위기농업연구소의 존재조차—그런 연구소가 필요
한 현실과 연구소의 유용성까지도—믿지 않았으니까요. 연구
소의 재치 있는 홍보였단 주장이 나오기도 했지만, 사건 현장
을 직접 봤다면 그런 얘긴 못했을 겁니다.

  "느티나무가 하루아침에 저 정도 크기로 자라는 게 가능합
니까?"

  연구소가 주최한 공식 기자회견장엔 이 사건의 담당 수사
관들과 기자 여덟 명 정도가 참석했는데, 그중 두 명은 대학생
기자였습니다. 방금 질문 던진 사람도 대학 신문에서 나온 신
입 기자였고요. 한편 연구소 직원들은 이 현상을 둘러싼 실무
주체가 꼬이는 바람에 사건의 해결도 행정 처리도 몽땅 연구
소 직원들이 하게 될 것 같다며 걱정하고 있었습니다. 애초에
연구소 차원에서 기자회견을 주최한 모양새도 이상했고, 이러
다가 나무의 철거까지 연구소 직원들이 도맡아 하게 될 것 같
았거든요.

  "아뇨. 느티나무는 저런 성장 속도를 가질 수 없습니다. 그
리고 정확히 말씀드리자면, 이 나무는 하루 만에 자란 게 아닙
니다. 그냥 불쑥 솟아오른 겁니다."

  직원들이 스트레스 호소하는 것과 상반되게, 연구소장은
꽤 흥분한 상태였습니다. 연구소장은 온난화위기농업연구소

가 처음 생겨나고 소속과 이름이 몇 번이고 바뀌다 농촌진흥청에 완전히 속할 때까지 단 한 번도 자리 비우지 않고 30년을 일했지만, 그 어떤 경우에도 온난화위기농업연구소가 주목받은 적은 없었거든요. 지역 신문 기자들이 전부라고 해도, 이 정도의 관심 받는 것도 처음이었어요. 게다가 이 사건의 행정 처리 주체가 명확히 정해지지 않아, 경찰도 소방대원도 시청 직원도 모두가 연구소에 매일 출석 도장을 찍고 있었습니다. 연구소장은 매일 소란스레 움직였습니다. 평소와 다르게 사람들을 몸소 응대하기도 했지요. 설령 그게 커피 믹스를 털어 넣은 종이컵을 들고 진행하는 자리라고 해도요.

"자란 게 아니라 솟아오른 거라고요? 그게 무슨 차이인가요?"

대학 신문 기자가 의욕적으로 손을 들었습니다. 의무적으로 참석하던 담당 경찰관은 마침 자리를 뜨던 참이었습니다. 그야, 이 질문과 이 질문에 대한 답변이 소득 없이 반복되고 있었으니까요.

"아주 큰 차이입니다. 씨앗의 상태에서 다 자라기까지, 초고속 카메라로 촬영을 했다고 칩시다. 그걸 엄청나게 빠르게 재생해서 보면 나무가 성장하는 걸 볼 수 있습니다. 그런데 이번 경우엔 그렇지가 않아요. 나뭇가지도 나뭇잎도 점점 자란 게 아니라 그저 생겨난 겁니다. CCTV 촬영본을 확인한 결과, 저 나무는 다 자란 상태 그대로 솟아오르기만 했어요. 처음엔 무슨 차이인지 헷갈리실 수 있어요. 하루 만에 자란다면 아주 작은 몸통이 점점 커지는 모습으로 보이겠지만, 저 나무는 저 크기 그대로 그저 솟아났습니다. 즉, 저 나무는 어디선가 나타난 것 같습니다."

"죄송합니다만, 아직도 무슨 차이인지 모르겠습니다."

"저 나무가 하루 만에 자랐다는 게 성립하려면, 씨앗 상태에서 시작해 없던 부분들이 새로 생기고 자라야 하죠. 하지만 나뭇가지가 길어지거나 나뭇잎이 커지면서 나타나지 않았습니다. 그냥 저 있는 그대로, 말 그대로 바닥을 뚫고 올라왔어요. 특이사항은 또 있습니다. 솟아오르는 과정에서 손상이 거의 보이지 않습니다. 이렇게 수십 장의 서류가 담긴 서랍을 들어 올리고 이 꼴을 만드는 동안에도, 얇은 나뭇가지 하나 꺾어지지 않았단 말입니다."

"저희도 CCTV 촬영본을 확인할 수 있나요?"

"녹화본은 경찰에 넘겼습니다. 연구소는 열람 권한을 드릴 수 없어요."

소방대원과 시청 직원들이 잠시 웅성거렸습니다. 경찰에게 뒤처리를 전부 맡겨도 된다는 뜻일까요?

"지금 뭐 하시는 겁니까?"

온화한 표정을 유지하던 연구소장이 갑자기 언성을 높였고, 시선이 집중됩니다. 카메라 삼각대도 펼치지 않고 무료하게 앉아 있던 주간지 기자가 나뭇가지를 꺾었거든요.

"책상을 들어 올릴 땐 나뭇가지에 그 어떤 손상도 없었다고 하셨죠? 근데 제가 이렇게 꺾으니 바로 꺾이네요?"

기자가 뒤이어 나뭇잎을 따자 똑 하고 나뭇잎이 딸려 나왔다. 연구소장이 그를 향해 고함을 질렀고 경찰이 제재했습니다. 기자는 양손을 들어 올리며 다신 그런 일 없을 거란 듯 뒤로 물러섰지만, 꺾인 나뭇가지를 보며 한마디를 덧붙입니다.

"혹시 CCTV 화면이 조작일 가능성은 없겠죠?"

"저흰 조작하지 않았습니다!"

연구소 직원들은 연구소장의 답변에 이마를 짚었습니다. 어떻게든 이 일을 주도하려는 연구소장의 생각과 달리, 직원들은 방어와 책임 그 어떤 것도 맡고 싶지 않았거든요. 하지만 직원들이 괜히 우려했던 걸까요? 이후에도 사건 수사는 별다른 진전이 없었습니다. 연구소장의 기대와는 달리 특별한 사건이 아니었나 봐요. 적어도 표동이 징계를 받기 전까지는 그랬습니다.

'표동'은 담당 업무가 불분명한 고참 직원이었는데, 그의 성인 '표'씨와 사자성어 '표리부동'에 착안해서 붙여진 별명입니다. 누가 언제부터 표동이라 불렀는진 모르나, 후배들에게 내뱉는 말마다 허영과 거짓이라는 인상 비평에 딱 들어맞아 모두가 그를 표동이라고 불렀습니다. 온난화위기농업연구소에 나타난 느티나무는 신기할 정도로 표동의 자리만 침범했고, 그 때문에 표동은 주요 수사 대상이었습니다. 나무는 표동의 책상을 박살 내고 위 층까지 뚫어버렸는데 마침 거기엔 표동의 사물함이 있었거든요. 덕분에 표동이 사물함에 숨겨두었던 소지품과 사생활이 까발려졌고, 나무가 버티는 한 표동이 업무에 집중할 공간은 없었습니다. 표동은 개인에 대한 원한 공격을 배제할 수 없단 이유로 경찰 수사망에 포함되었지요.

김다정은 연구소장의 배려로 특별 휴가를 받았습니다. 김다정은 표동의 바로 앞자리를 썼거든요. 김다정은 휴가를 마다하고 연구소로 출근했습니다. 왜냐면 그 나무가 나폴레옹이니까요. 김다정만이 그 나무의 정체를 알고 있었습니다. 어떻게든 나폴레옹 가까이 있어야만 했습니다.

사건 발생 2주일 후, 이젠 나무에 벌레들도 꼬였습니다. 그건 나무가 연구소 한복판에서도 잘 살아 있단 뜻이었지요. 확률 높은 가설이 하나라도 나오기 전까지는 나무를 당장 뽑아낼 수 없었습니다. 경찰이 사건의 범인을 잡기 위해—배후에 인간이 있다면—훼손 없는 현장에서 수사하길 원했고, 나무를 잘못 제거하면 연구소의 2층 전체가 붕괴될 수 있다며 전문가가 조언했거든요. 경찰은 CCTV를 봤지만 속임수를 찾아내지 못했습니다. 담당 수사관은 환경 운동가들의 퍼포먼스일 거라고 잠정 결론 내렸지만, 범인의 실마리는 좀체 잡지 못했어요. 어떻게 이런 일이 가능한지 여러 기관에 조언을 요청했지만 별다른 아이디어도 나오지 않았고, 금세 우선순위에서 밀렸습니다.

두 달이 더 흘렀습니다. 느티나무가 온난화위기농업연구소에 솟아오른 사건의 결과로 엉뚱하게도, 표동이 징계 처분을 받았습니다. 사건의 증거물로 보관한 표동의 소지품 때문이었습니다. 그가 연구소 홍보 비용을 지속적으로 횡령한 증거가 발견되었거든요. 표동이 분실물 및 도난 가능성이 있는 물품에 대한 질의응답 자리에서 굉장히 수상하게 굴었고, 특유의 감을 발휘한 담당 수사관이 그의 물건을 철저하게 조사하다 관련 기관에 그의 자료를 넘긴거죠.

경찰은 이제 나무를 철거해도 된다고 판단했지만, 작업 실행의 주체를 결정하는 데에 또 혼선이 생겼습니다. 철거한 나무의 뒤처리도 결정하지 못했어요. 경찰이 계속 파헤치려면 인간이 관련되어 있어야 하는데, 만약 식물이 스스로 저지른 일이라면 어떤 행정 절차를 따라야 하며, 수사는 누가 어떻게 진행해야 하는 걸까요? 초자연 현상으로 치부하고 넘어가면 되는 걸까요? 그러나 '연구소 나무 사건'은 이런 논의가 제대로 점화되기도 전에 미제사건이 되어버렸습니다. 연구소에서 표동에게 징계 조치를 내린 다음 날, 나무가 그 자리에서 저절로 사라졌으니까요! 땅으로 꺼졌다고 해야 할까요? 나폴레옹은 들어온 그 자리에 그대로 내려앉은 것처럼 사라졌습니다.

공식 언론 보도로는 별다른 화제를 일으키지 못했던 느티나무는, 연구소에 출석 도장을 찍던 행정 인력 중 누군가가 트위터에 사진 올리면서 별안간 관심을 받기 시작했습니다. 연구소의 느티나무가 온라인에서 밈으로 소비되는 과정은, 의인의 활약이 구전되는 흐름과 흡사했어요. 지나가던 시민이 차에 치일 뻔한 아이를 구했다든가, 물에 빠진 강아지를 건져 올렸다거나 하는 그런 이야기들 있잖아요.

김다성에게 나폴레옹인 그 느티나무는 온라인에서 '홍길동 나무'로 알려집니다. 대중적 인기가 있는 캐릭터로 프레임 씌워진 순간, 해당 별명이 정밀하게 들어맞는지는 중요치 않았습니다. 고그린 공원의 나폴레옹은 기존 홍길동의 이름값을 등에 업고 빠르게 유명해집니다. 일부 매체에선 '화가 난 식물들의 반란' 따위의 헤드라인으로 거대한 사건의 징조임을 주장했습니다. 마침 사건 발생지가 온난화위기농업연구소라는 점에서, 이 사건은 자연이 주는 경고라며 다소 신파적으로 호소하는 논평도 나왔습니다. 때맞춰 환경 운동가들도 의미심장한 글을 올리며 동참했고요.

연구소의 업무는 나무가 사라지며 정상화되는 듯 보였습니다. 연구소장은 열정이 넘쳤지만 이 기회를 행정상의 도약으로 연결하는 센스는 없었습니다. 연구소에 평생 한 번 주어질까 말까 한 관심을 연구소의 사업 예산을 늘리거나 후원금 모으는 실질적인 이득으로 잇지못했지요. 게다가 이런 기회를 앞장서서 실무 사업으로 추진했을 홍보 담당관 김다정의 관심은 온통 연구소 바깥에 있었습니다. 그 나무는 아무리 봐도 나폴레옹인데, 어째서 나폴레옹이 김다정의 일터까지 온 걸까요? 연구소에 나타난 느티나무는 나폴레옹과 동일한 종이 아니라, 파라다이스 왕국의 왕세자이자 장군인 그 나폴레옹이 틀림없습니다. 김다정에겐 나폴레옹이 어떻게 왔는지보다 왜 왔는지가 더 중요했습니다. 일터에 나타난 특정한 나무를 식별하고 자신의 믿음을 확인하기 위해, 김다정은 휴가를 신청하고 다시 고향으로 향합니다.

　김다정은 표동의 횡령보다 표동이 '사라진 일'에 관심을 가졌습니다. 나폴레옹 사건으로 표동의 횡령이 드러났고, 표동은 김다정의 세계에서 사라졌습니다. 횡령은 나무의 침입으로 드러난 거였고요. 김다정은 그 점을 주목했지요. 유년 시절, 파라다이스 왕국에 펼쳤던 이야기들을 복기해봅니다. 나폴레옹은 김다정의 나무는 아니었습니다. 나폴레옹은 파라다이스 왕국 설정상 가장 강력한 장군이므로, 그 누구의 나무도 되지 않고 모두가 공유하기로 약속했거든요. 하지만 사루비아는 중전마마였고, 나폴레옹은 엄마이자 중전마마인 사루비아의 명령을 따를 겁니다. 파라다이스 왕국의 규칙이었으니까요. 파라다이스 왕국의 원작자답게, 김다정은 느티나무 나폴레옹과 배롱나무 사루비아의 서사를 빠르게 이어보았습니다. 그리고 고향으로 향하는 비행기 안에서, 마침내 연결고리를 찾아내지요. 이번 추석 연휴 때 사루비아 앞에 설치된 오금펴기 운동기구에 앉아 한참을 토해냈던 표동에 대한 의심과 불만을요. 사루비아가 나폴레옹을 시켜 표동한테 벌을 주었구나! 김다정은 그렇게 믿을 수밖에 없었습니다. 김다정은 아직도 캐릭터의 갈등과 이야기를 이으면 진실이 되는 세계관에 살고 있었던 거예요.

　고그린 공원에 도착해 나폴레옹을 찾아낸 김다정은 환호성을 지릅니다. 나폴레옹이 그 자리에 그대로 있었기 때문이죠! 단 한 번도 뽑혀 나간 적 없다는 듯, 이동한 적 없다는 듯 태연한 자태였습니다. 김다정은 휴대폰을 꺼내 연구소의 나무 사진을 확대해봅니다. 표동의 자리에 솟아오른 그 나무를 수백 장 찍었던 그 사진을요. 나폴레옹이다! 아무리 봐도 나폴레옹입니다. 나뭇가지의 방향과 개수, 심지어 나뭇잎 수, 나뭇결, 특정 위치에만 껍질 벗겨진 모양까지 똑같았습니다. 파라다이스 왕국의 이야기가 다시 시작될 수 있는 걸까요? 김다정은 자기가 만들었던 이야기를 복습하며 공원을 한 바퀴 돌아보았습니다. 이 나무는 어떤 역할이었더라, 이름이 뭐였더라, 하면서요. 생각나지 않을 땐 파라다이스 왕국 주제가를 흥얼거렸어요. 사—랑과평—화/우—리가—지키자. 다만 파라다이스 왕국은 이미 평화로워 보였습니다. 김다정이 연구개발팀 소속 선배의 메시지를 확인하기 전까지는요.

선배가 메시지와 함께 전송해준 사진에는 표동의 원룸 오피스텔에 느티나무가 솟아오른 모습이 담겨 있었습니다. 그 느티나무는 연구소에 나타났던 나폴레옹이었어요! 하지만 고그린 공원의 나폴레옹은 김다정의 눈앞에 그대로 있었습니다. 김다정은 나폴레옹의 몸통을 빠르게 만져봅니다. 생생한 감각이 느껴졌습니다. 차갑고 거친 질감입니다. 특이한 건, 김다정의 눈앞에 그대로 서 있는 나폴레옹은 기자가 가지 꺾었던 흔적조차 없었다는 겁니다. 눈앞의 나폴레옹은 고그린 공원을 한 번도 벗어난 적 없는 그대로였어요. 이 나폴레옹과 연구소에 나타난 나폴레옹, 그리고 지금 표동의 오피스텔을 찾아간 나폴레옹이 같은 나무가 맞을까요? 나폴레옹들은 어떻게 움직이고 있는 걸까요? 김다정은 다만 사루비아가 배후에 있다고 믿었습니다. 김다정은 사루비아를 껴안고 속삭입니다.

"사루비아, 이제 그만해."

하지만 사루비아는 그만두지 않았습니다.

표동의 집에 나타난 나폴레옹 2호가 기자들의 카메라 세례를 받고 있을 시각에, 유명 빵집 덕분에 항상 유동 인구 많은 대전의 어느 은행에도 밤새 느티나무가 솟아올랐습니다. 그리고 은행에 침입한 그 나무는 또 나폴레옹이었습니다! 김다정은 아직 고향에 머무르고 있었고, 뉴스를 보자마자 늦은 밤 택시를 잡아 고그린 공원을 찾았습니다. 파라다이스 왕국의 나폴레옹은 제자리에 있었어요. 하지만 은행에 나타난 나무도 나폴레옹이 분명합니다. 나뭇가지의 개수와 특정 위치의 나뭇가지가 휘어 있는 방향, 잎의 개수와 잎의 조화가 만들어낸 모습까지 똑같을 수 있는 걸까요? 언론도 경찰도 그제야 뭔가 이상하단 걸 눈치채고 제대로 달려들기 시작했습니다. 나폴레옹과 똑같은 나무가 표동의 집에도 있고, 대전 은행에도 있었으니까요. 한 달 전엔 온난화위기농업연구소에 있었고요. 이제 경찰도 동일 종의 나무가 일련의 사건에 연관되어 있음은 확신했나 봐요. 하지만 그들은 이 나무가 '파라다이스 왕국의 나폴레옹'이란 사실은 절대 모를 겁니다. 김다정도 나폴레옹이 왜 대전에 나타난 건지 알아내지 못했으니까요. 김다정은 대전에 가본 적도 없었거든요.

다음 날 뉴스는 대전에 나타난 나폴레옹이 아닌 폭행 집단 검거 소식으로 뒤덮였습니다. '검정 쫄쫄이 무리'로 불리던 상습 폭행범들의 주동자가 밝혀졌거든요. '검정 쫄쫄이 무리'는 검은 쫄쫄이로 얼굴을 가린 채 노인 대상 폭행을 일삼던 무리였습니다. 주동자는 스스로를 '다크 나이트' 혹은 '조커' 따위로 칭했지만 아무도 그렇게 불러주지 않았습니다. 사람들은 다만 그들을 '검정 쫄쫄이 무리'라 불렀습니다. 폭력 집단이 우상화되지 않도록, 누군가 어느 만화의 범인들을 통칭하는 우스꽝스러운 명칭을 제안했거든요. 대다수가 그렇게 부르니 언론에서도 그렇게 부르게 되었고요. 주동자의 정체는 나폴레옹이 나타난 대전 은행의 신입 행원이었습니다. 나폴레옹은 '홍길동 나무'답게 용의자를 정확히 지목했던 거예요. 그리고 이틀 뒤, 주동자가 폭행뿐만 아닌 살인 범죄까지 연루되어 있음이 탄로 났습니다. 주동자 부친 소유의 어느 빌라 지하 주차장에 별안간 소철나무들이 나타나 주차장에 들어가기 힘들 지경이었고, 빌라 주민의 신고로 경찰이 출동했는데 그가 차주로 등록된 차량의 트렁크에서 살해 무기가 나온 겁니다. 트렁크를 밀어 올린 건 작은 소철나무 한 그루와 큰 소철나무 한 그루였습니다. 김다정도 고그린 공원에서 본 적 있는 나무들이었지만, 김다정은 소철나무에 이름 붙인 적은 없습니다. 소철나무들은 파라다이스 왕국의 이름 없는 백성이었어요.

하지만 소철나무들에게도 이름이 있었습니다. 작은 소철나무의 이름은 코난. 큰 소철나무의 이름은 셜록 홈즈입니다. 코난과 셜록 홈즈라니, 김다정에겐 생소한 이름입니다.

"내 이름은 코난. 명탐정이죠."

그 이름을 붙인 건 김민주였습니다.

3

김다정은 왜 사루비아를 자신만의 나무라고 생각했던 걸까요? 파라다이스 왕국은 김다정과 친구들만의 세계였지만 고그린 공원은 김다정만의 공원이 아니었습니다. 고그린 공원은 주택가 한복판에 위치했어요. 그 동네에서 유년 시절 보낸 아이들은 상상력과 시간만 허락해준다면 모두가 나무를 가질 수 있었고, 이야기를 만들 수 있었지요. 고그린 공원 팔각정 앞 배롱나무는 사루비아였지만 동시에 헤르미온느이자 크리스티나 양이었고, 또 오스칼일 수도 있었던 겁니다.

김다정네 가족은 그가 중학교 입학할 때쯤 고그린 공원 동네를 떠났지만, 김민주의 본가는 아직도 고그린 공원 근처였고, 김민주가 독립해서 혼자 사는 집도 고그린 공원과 30분 거리에 불과했습니다. 심지어 김민주의 본가는 이층집 창문에서 고그린 공원 측문 계단이 보일 정도로 가까웠고요.

김민주가 고그린 공원에 구축했던 세계엔 이름이 없었습

니다. 단지 명탐정들이 실컷 활약하는 공간이었습니다. 김민주에게 공원을 하나로 묶는 이름은 중요하지 않았습니다. 어떤 사건이 벌어질지, 얼마나 매력적인 탐정을 만들어낼 수 있을지가 관건이었을 뿐입니다.

김민주는 추리물을 좋아했습니다. 그는 보험회사 이름이 적힌 검은색 가죽 수첩—출처를 알 수 없었지만 집에 항상 여러 권 쌓여 있었고, 아이의 눈에 제법 어른의 물건처럼 보였습니다—을 들고 다니며 이것저것 메모했지요. 주로 탐정 소설에서 본 기발한 트릭이나 다잉 메시지를 적어두었습니다. 그건 김민주의 '탐정 수첩'이었거든요. 김민주가 뛰어놀던 고그린 공원에선 끊임없이 사건이 일어났고 범인과 목격자와 피해자와 경쟁 탐정들이 생겨났으며, 김민주의 기분에 따라 나무들의 역할이 수시로 바뀌었습니다. 역할이 변하지 않는 건 키 낮은 철봉 뒤에 나란히 서 있는 두 그루의 소철나무와 팔각정 앞 배롱나무뿐이었지요. 작은 소철나무는 언제나 코난이었고('코난, 너도 그렇게 생각해?'), 큰 소철나무는 늘 셜록 홈즈('홈즈 씨, 생각할 시간을 더 드리겠다')였습니다. 팔각정 앞 배롱나무엔 '크리스티나 양'이라는 이름을 붙였는데, 명탐정 포와로 시리즈를 쓴 작가 아가사 크리스티와, 어느 미국 의학 드라마에 나온 등장인물의 이름을 합친 겁니다. 김민주는 그 의학 드라마는 본 적이 없었습니다. '크리스티나 양'은《미드 주인공처럼 말해봐! 미드로 학습하는 영어 회화》따위의 책에서 알게 된 캐릭터였을 뿐입니다. 김민주는 크리스티나 양이 한국인 여성이라는 점, 야망 있는 의사라는 점에서 그를 선택했습니다. 셜록 홈즈 같은 멋진 탐정 곁에 의사가 있으면 좋은데, 산드라 오가 연기한 '크리스티나 양'이라는 캐릭터는 꽤 유능한 의사 같았거든요. 아가사 크리스티와 이름의 철자가 아주 조금 겹친다는 점도 마음에 들었습니다. 명탐정 코난과 셜록 홈즈와 크리스티나 양이 함께 다니면서 완전 범죄 저지른 범인들을 죄다 잡아들이는 곳, 그게 김민주의 세계였습니다.

'검정 쫄쫄이 무리'에 동참했던 범죄자들이 줄줄이 잡혔습니다. 주동자는 전국 지명 수배자가 되었지만, 지상파 뉴스에 신상 보도된 지 이틀 만에 강원도 삼척에서 붙잡혔습니다. 이번에도 언론보다 SNS가 빨랐습니다. 신혼부부가 강원도 삼척 절벽 해안가에 붕 떠 있는 주동자를 목격한 겁니다. 주동자는 바다에 떨어지기 직전으로, 바지는 젖어 있고 기절한 상태였습니다. 그는 바다에 떨어질 듯 말 듯 하늘에 붕붕 떠 있었지요. 정신을 잃은 채 허공에 떠 있는 주동자를 체포하기 위해 헬리콥터가 동원되었습니다. 김다정은 주동자 체포 뉴스를 보다 화면에 계속 잡히는 사루비아를 알아봅니다. 바닷물 밀어닥치는 바위와 배롱나무는 어울리지 않았지만, 잎과 꽃 없이 앙상한 저 모습은 겨울철의 사루비아가 분명했습니다.

삼척에 나타난 사루비아는 하루만에 사라져버렸지만, 일

산의 어느 초등학교에서 종이접기 수업을 하던 김소희는 눈에 익은 배롱나무와, 중력의 법칙을 무시하고 겁에 질린 '검정 쫄쫄이 무리'를 복기하다 별안간 어떤 장면을 떠올립니다. 지팡이를 가볍게 휘두르며. 윙가르디움 레비오우—사.

"헤르미온느!"

김소희가 수업 도중에 바람개비를 오리다 말고 소리쳤습니다. 헤르미온느! 저도 헤르미온느 알아요, 선생님. 학생들은 영문도 모른 채 김소희의 말을 그대로 따라 하거나 손을 들어 자랑했습니다. 김소희는 교실 분위기를 대강 수습했지만, 그의 심장은 쿵쿵거리고 손은 부들부들 떨립니다. 저 배롱나무는 고그린 공원의 헤르미온느가 분명하다는 확신이 김소희를 덮쳤거든요.

김소희는 고그린 공원 근처에 딱 1년 살았지만, 그사이 고그린 공원에 호그와트를 건축했습니다. 팔각정은 호그와트 기숙사였고, 소나무 다섯 그루가 빼곡히 심어진 곳—김다정의 파파시아가 있는 곳—은 해그리드의 공간이자 금지된 숲이었어요. 해리 포터 역할은 김소희 본인이 맡았고, 론 위즐리는 단짝 친구 문혜진의 역할이었습니다. 헤르미온느 역할은 모두가 하고 싶어 했으므로 공평하게 아무도 하지 않고, 대신 나무에게 맡겼습니다. 김소희의 세계에서 팔각정 앞 배롱나무는 헤르미온느가 되었던 거지요. 김다정에겐 나폴레옹이었던 느티나무는 김소희에겐 퀴디치 스타 빅터 크룸이었고, 김민주의 세계에서 명탐정 코난이었던 소철나무는 집 요정 도비였습니다.

주동자가 붙잡혔지만 검정 쫄쫄이 무리에 내려진 형량이 너무 약하다며 시위가 시작되었고, 나무가 엉뚱한 장소에 저절로 나타났다는 SNS 제보가 늘었습니다. 전부 파라다이스 왕국의 나무들이었어요. 하지만 이 모든 걸 하나로 엮을 수 있는 사람은 없었습니다. 김다정과 김민주와 김소희는 서로의 유년 시절뿐만 아니라, 서로의 존재도 몰랐으니까요.

세 사람이 각자의 혼란에서 허우적대는 동안에도, 나무들의 활약은 계속되었습니다. 김다정은 처음엔 현지우와 장호영을 떠올렸지만, 소철나무가 계속 범죄자를 잡는 걸 보면서 깨달았습니다. 이건 현지우와 장호영이 만든 이야기도 아닙니다. 김다정이 모르는 다른 이야기가 있는 게 확실했습니다.

김다정은 '고그린 공원의 나무들에 이야기를 부여한 존재들이 더 있고, 각기 다른 이야기에 따라 나무들이 움직인다'는 가설을 세웠습니다. 하지만 나무들이 등장하는 정확한 이야기와 캐릭터를 어떻게 구조화하고 체계화해서 정리할 수 있을까요? 김다정이 가설을 확신한 것과 별개로, 이 모든 걸 혼자 파악하긴 어려웠지요. 김다정은 정면 돌파합니다. 거리에도 카페에도 캐럴이 흐르기 시작한 어느 날, 김다정은 다시 고향을 찾아갑니다. 집집마다 방문하는 한이 있더라도 알아보리라 각오했거든요.

훗날 '파라다이스 결의'라고 불리는 대망의 크리스마스. 김다정과 김민주 그리고 김소희가 우연히 한자리에 모인 거죠. 말 한마디 없이 눈빛만 교환했지만, 세 사람은 감지할 수 있었습니다. 이 사람들 한때 좀 놀았구나, 이 공원에서. 고그린 공원에 각자의 세계를 건축했던 세 명이 공원 한 가운데에서 마주 섰습니다. 김다정과 김민주와 김소희는 고그린 공원에서 처음 대면합니다. 파라다이스 왕국. 명탐정 도시. 호그와트. 그 모든 세계가 하나로 접히는 순간이었습니다.

　김다정이 고갯짓으로 팔각정 앞 배롱나무를 가리키자 김민주와 김소희는 고개를 끄덕입니다. 겨울 해가 빠르게 지고 있었습니다. 주황색 가로등 불빛이 팔각정 지붕으로부터 미끄러져 세 사람을 뒤덮었지요. 때마침 잔바람과 함께 진눈깨비 흩날렸습니다. 이번 크리스마스는 화이트 크리스마스일 거라는 일기예보가 들어맞았군요.

　"사루비아는 파라다이스 왕국의 여왕이었어요."

　김다정이 먼저 이야기를 시작합니다. 김다정이 숨을 내쉬자 날리던 눈송이와 함께 입김이 하얗게 흩어집니다. 김다정은 차분히 파라다이스 왕국의 나무들과 그들이 사랑하고 갈등한 이야기를 이어갑니다. 성인이 된 김다정의 시야로 각색된 부분도 있지만, 최대한 어릴 적 이야기 그대로 들려주기 위해 기억을 복기하면서요.

　"'내 이름은 코난, 명탐정이죠.' 저는 이 대사를 입에 달고 살았어요."

　김민주의 세계에선 하나로 이어지는 이야기보다 그날그날

기분에 따라 범인과 목격자들과 탐정이 바뀌었으므로, 공원 구석구석 걸어 다니며 캐릭터를 소개합니다. 명탐정 코난. 셜록 홈즈. 크리스티나 양. 단골로 범인을 맡았던 전나무. 주로 목격자 역할을 맡았던 광나무까지도요.

"익스펙토 패트루눔! 아직도 마법 주문을 전부 욀 수 있어요."

김소희가 발랄하게 이야기를 이어갑니다. 세상은 완전히 깜깜해졌고, 비자나무 위에는 달이 빼꼼 모습 드러냈지요. 겨울의 나뭇가지들은 앙상했습니다. 공원에서 놀던 아이들은 어른이 되었군요. 이야기만이 선명하게 자리를 지켰습니다.

가로등 불빛도 꺼지자 세 사람은 김민주의 자취방으로 향합니다. 김민주가 집을 정리하는 동안, 김다정은 문구점에 들러 스케치북과 공책과 각종 펜들을 최대한 쓸어 담아왔습니다. 김소희는 맥도날드에서 종류별 버거 세트와 따뜻한 커피를 잔뜩 사왔지요. 셋은 캐럴을 흥얼거리며 한껏 즐거움 뽐냈습니다. 그야, 이건 마치 신나는 작전 짜는 것 같잖아요. 그들이 만들었던 세계는 아직 끝나지 않았나 봐요. 이렇게 이야기가 다시 시작할 수도 있는 걸까요?

김다정은 커다란 사절지에 표를 그렸습니다. 파라다이스 왕국과 명탐정 도시와 호그와트 칸을 나누었어요. 서로의 이야기와 타임라인을 맞춰갑니다. 그들은 고그린 공원의 나무들이 각자가 만들었던 이야기에 따라 움직였음을 완전히 믿게 되었지만, 고그린 공원의 나무들이 어떤 규칙에 따라 어느 장소에 나타나는지는 아직 수수께끼였습니다.

"저희와 직접적인 관련이 없더라도, 잠재적으로 위협이 될 대상도 포함된다면요?"

표동은 김다정의 상사였지만, 검정 쫄쫄이 무리와 주동자는 세 사람과 직접적인 접점이 없었습니다. 경찰조차 범인을 특정하지 못했었으니까요. 다만 김다정도 김민주도 김소희도 '검정 쫄쫄이 무리'에 대한 분노는 강했죠. 세 사람의 대화는 조금의 쉴 틈도 없이 이어집니다.

"식물의 자발적인 이동이 가능한 걸까요?"

"질문이 틀렸어요. 오리지널은 그대로 공원에 있으니까. 이동이라고 보기는 힘들죠."

"고그런 공원의 나무들이 특별한 씨앗을 가지고 있고, 그걸 보내면 하루 만에 자기와 똑같은 형체로 복제된다면 어때요?"

한때 명탐정 세상을 운영했던 김민주는 적극적으로 각종 가설을 제시합니다.

"무슨 분신술 같네요. 씨앗이 날아가는 건가요?"

"이런 건 어때요? 우리가 이제까지 나무라고 생각했던 존재가 지성을 가진 외계 생물이라면요? '이야기'가 에너지인 외계 생물인 거죠. 이야기가 누적되어야 에너지를 얻고, 분신술이든 이동 복제든 할 수 있는 거예요."

"흠, 모르겠어요. 저희의 가설이 전부 인간 중심적인 것 같아서요. 나무들이 인간의 이야기에 관심 가지고 인간사에 간섭한다는 거잖아요. 나무의 입장에선… '굳이' 싫어서요."

김소희는 김민주가 내는 다양한 의견에 부지런히 맞장구를 치거나, 반박했습니다. 김다정은 다만 두 사람의 이야기에 귀를 기울였습니다.

"이데아와 그림자를 적용해보는 건 어때요? 우리가 어릴 때 만들었던 이야기가 실은 나무들이 암시해 준 진리라면요? 우리는 어렸기 때문에 그 진리를 헤아릴 수 있었고, 놀이로 수행한 거죠."

"하지만 우리가 했던 놀이는 레퍼런스 범벅인걸요. 인간이 만든 서브컬처 집합소처럼요."

"그 서브컬처도 진리의 그림자였던 거죠. 진리를 품은 나무들이 아이들에게만 그걸 알려주고, 아이들은 자기가 지어 낸 세계라고 믿으면서 놀이를 하죠. 나무를 통해 느끼게 된 진리인데, 어린 시절 어디서 봤을 법한 책이나 영화에서 빌려 왔다고 착각하게 되는 거고요."

"플라톤을 인용하시는 건가요? 이데아, 동굴, 그림자 그런 거요."

"나무의 입장이 아니라, 이 세계 전체의 견지에서 흘러가야 할 방향 같은 게 있는 거 아닐까요?"

김소희는 이번 일에 범우주적인 의미가 있다고 믿었습니다. 나아가 그 안에서 세 사람이 맡은 역할을 찾아야 한다고 생각했죠. 해리 포터한테 볼드모트를 무찔러야 할 번개 모양의 운명이 있었던 것처럼요.

"이 세계 전체의 견지…. 그래도 왜 고그린 공원인지는 짐작도 가지 않네요. 전국 곳곳에 나무들이 나타나는데, 솔직히 이제 어디까지 나타났는지 파악도 힘들고요."

김민주는 '추리하는 인간'의 시각에서 이 사태를 전부 알고 싶어합니다.

"저희 말고도 고그린 공원에서 놀았던 아이들의 이야기가 힘을 발휘할 수도 있죠."

줄곧 듣기만 하던 김다정이 목소리를 냅니다. 김다정에게 중요한 건 이야기가 자체적인 힘을 발휘하고 있다는 지점이 군요.

이후에도 세 사람의 토론은 밤새 이어졌습니다만, 뾰족한 결론을 도출하진 못합니다. 그들은 각자 생업에 복귀를 앞두고, 고그린 공원에서의 재회를 기약했지요.

"왜 이런 일이 일어나는 걸까요?"

김다정의 물음이었고,

"어떻게 이런 일이 일어날 수 있는 걸까요?"

김민주의 물음이었으며,

"저희한테 혹시 어떤 소명이 주어진 건 아닐까요?"

김소희의 물음이었습니다.

"전 이 일의 배후를 알아야겠어요."

김민주는 프리퀀시를 모아서 받아온 스타벅스 다이어리를 새로운 탐정 수첩으로 만들었습니다. 김민주는 인터넷에 원예학, 생물학, 심지어 물리학 전공 박사들을 검색했고 그들의 연구소에 소철나무를 보냅니다. 김민주가 실제로 한 행위는 고그린 공원 소철나무를 찾아가 눈을 질끈 감고 이 박사들의 이미지를 반복해서 생각한 것뿐이지만요. 누군가의 연구실에 소철나무가 갑자기 나타난다면 호기심에 조사를 시작하겠지, 하고 김민주는 기대를 걸었습니다. 그중 독일의 생물학 연구소에 소철나무가 나타났다는 것까진 확인했습니다만-김민주는 자신이 소철나무를 보내는 데에 성공한 거라 믿었어요-, 그들도 끝내 이 현상의 원인을 알아내진 못합니다.

김다정은 이 모든 현상을 관통하는 하나의 서사를 찾고 싶었습니다. 그래서 밤마다 김민주와 김소희의 이야기를 정리하고 엮었습니다. 서사의 공백을 메꾸기 위해선 질문과 의견이 필요합니다. 김다정은 김민주와 김소희와 자주 통화했어요. 전혀 관계없는 것 같은 이야기도 오래 생각하면 하나로 이어지기 마련이니까요.

김소희는 요즘 자신의 인생과 고그린 공원 나무들의 일을 동일선상에 두고 생각에 골몰합니다. 나무들이 자기에게 깨달음과 의무를 주는 거라 믿었습니다. 아직 그 신호를 해석하지 못했을 뿐이라고요.

4

사루비아의 활약은 도저히 추적할 수 없을 지경이었습니다. 국외 이동 사례까지 등장했거든요. 김다정이 파악한 바로, 배롱나무 48호(그 배롱나무가 사루비아 48호인지, 어디선가 헤르미온느 36호가 섞였을지, 크리스티나 양 27호일지 혹은 김다정과 김민주와 김소희 모두 헤아리기 힘든 다른 이름의 나무일지는 불분명합니다)는 체코의 작은 도시 체스키크룸로프까지 진출했습니다. 체스키크룸로프의 기념품 상점 앞, 주인장이 늘 차를 세워 두던 돌길에 고그린 공원의 배롱나무와 똑같이 생긴 나무가 나타난 겁니다. 고그린 공원의 배롱나무가 체코 근교의 작은 마을까지 진출한 게 어떤 이야기 때문인지 누구의 의지인지는 파악하기 어려웠습니다만, 그 배롱나무가 최소 48그루로 불어났다는 것만은 확실했습니다. 나무들의 구성 성분으로 동일성 증명하기도 어려워졌습니다. 세계 곳곳에 나타나는 나무들을 전부 연구할 수도 없었지요. 그저 같은 나무라고 믿게 되었습니다.

파파시아의 세력 확장도 만만치 않았습니다. 파파시아가 미국 펜실베이니아 주립대학교 헬스장 근처 벤치 옆에 나타났다는 것이 세 사람이 파악한 마지막이었습니다. 나폴레옹은 나이아가라 폭포에 나타나 전국적 명성을 세계적 명성으로 넓혔습니다. 온라인에서 나폴레옹의 식별 기호는 이제 홍길동 나무가 아닌 '타디스 나무'가 되었어요. 나폴레옹이 나이아가라 폭포를 볼 수 있는, 미국과 캐나다의 국경에 걸쳐 있는 다리 위로 솟아오른 겁니다. 나이아가라 폭포에 나타난 나폴레옹은 나무가 으레 있어야 하는 위치에 대한 규범을 뒤집었습니다. 나무가 허공에 떠 있는 이미지는 단번에 충격을 줄 수 있었지요. 나이아가라 폭포 위에 떠 있는 나폴레옹 사진은 거의 모든 SNS를 점령합니다. 게다가 나무들 등장 현상에 '대지'가 필수 요소라는 그간의 귀납적 결론을 부숴버렸습니다. 나무 등장 사태는 다시 백지상태로 돌아갔습니다.

그뿐인가요? 김민주의 소철나무 명탐정 코난과 셜록 홈즈는 세계 곳곳에서 미제사건을 해결하고 다녔습니다. 주로 김민주가 관심 갖던 사건들이었지만, 배롱나무 크리스티나 양이 이란에 나타나면서 또 하나의 법칙이 깨졌습니다. 이제껏 고그린 공원의 탐정 나무들이 활약하는 범위는 김민주가 인지하고 있는 사건에 국한되어 있었는데, 이란 하마단에서 벌어진 사건은 김민주도 모르던 일로, 이란 자국 언론에서조차 보도한 적 없는 사건입니다. 이란에 고그린 공원의 소철나무가 나타났단 것도 트위터를 통해 알게 된 겁니다. 하마단에 나타난 배롱나무가 소나무 다섯 그루 및 소철나무를 대동했기 때문에 탐정 크리스티나 양이 아닌 여왕 사루비아로서 나타난 것이라고 김다정이 주장했지만, 김다정 역시 이란에 하마단이라는 도시가 있다는 것도 몰랐으므로 이란에 나타난 배롱나무는 다시 미지로 되돌아갔습니다. 김다정은 새로운 가설을 제시합니다.

"우리가 만났고, 서로의 이야기를 알기 때문에 우리의 세계가 섞일 수도 있지 않을까요? 더 나아가, 우리가 우연히 고그린 공원에서 동시에 논 적이 있다면요? 서로를 모르는 상태였지만 나이대가 비슷하니까 가능하잖아요."

마침내 김민주는 이 현상이 '어떻게 가능한지'에 대해 완전히 파악하는 일을 체념합니다. 김다정은 벌어지는 현상에 어떻게 대응할지에 집중했어요. 한편 김소희는 초조함을 느낍니다. 뭔가 큰일을 해내라고 계시가 내려오는 것 같은데, 그들이 갈피를 잡지 못하는 게 아닐까 불안했거든요.

그사이 고그린 공원의 나무들은 1200호를 넘겼습니다. 이러다 파라다이스 왕국이 세계를 정복할 수도 있는 걸까요? 사루비아와 파라다이스 왕국의 나무들, 아니, 이렇게 표현하면 부족하지요. 그러니까, 고그린 공원의 나무들이 궁극적으로 닿으려는 곳은 어디일까요? 김다정과 장호영과 현지우의 세계에서 파라다이스 왕국이 지향하는 가치는 그날그날의 놀이에 집중하는 것이었습니다. 굳이 역사의 끝을 정해놨다면 막연하게 낙원을 만들자는 건데, 어떤 낙원인지는 합의한 적 없습니다. 모두가 사랑과 평화를 획득하는 정도입니다. 하지만 그 사랑과 평화를 얻기 위해 필요한 구체적인 행위, 제도, 실행 그런 건 놀이에 없었어요. 김민주의 탐정 세계도 끝을 내다본 세계가 아니었지요. 그저 영원히 사건을 해결하는 세계입니다. 김소희가 만든 세계의 끝은, 글쎄, 볼드모트의 죽음일까요? 이야기가 그렇게 끝나버려도 괜찮은 걸까요?

결국, 김다정과 김민주와 김소희는 고그린 공원에서 펼쳤던 이야기를 세상에 알리기로 결정합니다. 이 현상의 원인으로 추정되는 어린 시절의 이야기들을 최대한 자세히 서술하고 나무들의 프로필을 정리하기로 했지요. 동시에 세 사람은 세계 언론에 알릴 '성명문'을 준비했습니다. 제목은 '파라다이스 왕국 선언'이라고 이름 붙였어요. 김민주가 웹사이트를 만들었고, 김다정이 게시글을 정리했으며, 김소희가 그 글을 영문 버전으로 번역해 게시했습니다. 웹사이트 이름은 파라다이스 왕국입니다. 김민주의 세계엔 이름이 없었고, 김소희의 세계는 호그와트였지만 최초 상기도 면에서 불리할 겁니다. 이왕 알리기로 한 거 고유한 이름이 낫겠다고 판단했지요.

온라인 파라다이스 왕국엔 세계 곳곳에서 제보 사례가 모였습니다. '허준'이라고 이름 붙인 굴거리 나무 탭에는 굴거리 나무가 나타났는데 그 잎을 따먹으니 불치병이 나았다는 도시 전설이 추가되었습니다. 비슷한 제보로는 소철나무의 잎을 떼서 뾰족한 부분으로 침 놓는 행세를 했더니 불치병이 나았다는 이야기가 있었습니다.

경찰 당국이 파라다이스 왕국을 '고그린 공원'으로 특정하기도 전에, 사태는 혼돈으로 치달았습니다. 새로운 이야기는 캐나다 오타와에서 이른 퇴근으로 기분 좋게 잠들었던 폴 스미스 앤더슨의 침대가 10평 정도의 크기를 차지할 정도의 바위로 바뀐 데에서 시작합니다. 침대가 하늘로 솟아올랐거나 부서진 것도 아니었습니다. 그저, '침대가 바위로 바뀌었습니다.' 침대는 온데간데없고, 그는 바위에서 숙면 취하고 기지개를 켜면서야 깨달은 겁니다. 내가 지금 어디에 누워 있는 거지! 폴 스미스 앤더슨은 인터뷰에서 이렇게 답했습니다.

"저는 어린 시절에 침대가 없는 집에서 자랐고, 무엇보다 침대가 가지고 싶었습니다. 그래서 이 바위를 침대로 상상하곤 했죠. 그 바위가 분명합니다. 바위 근처에서 캠핑도 자주 했어요."

그의 인터뷰와 함께 매그놀리아꽃과 바위, 1인용 텐트가 찍힌 사진이 자료화면으로 송출되었습니다. 이외에도 침대가 자연물로 바뀐 유사 사례는 곳곳에서 들려왔어요. 멕시코 시티에 사는 크리스 알론소는 본인의 침대가 짚더미로 바뀌어 있었다고 제보했습니다.

베트남 어촌 마을 출신이라 주장한 어느 소녀는 버려진 사과를 먹었는데 고무 인간이 되었다고 했습니다. 소녀는 자신의 팔이 항구 끝까지 닿은 사진을 함께 첨부했지요. 어렸을 적 놀이로 만든 이야기로 인간 자신에게도 변화가 찾아올 수 있는 걸까요? 이 사진은 조작으로 드러났지만, 제보되는 사건의 종류가 다양해져 점점 진실을 구별하기 어려워졌습니다.

아프리카 가봉에서 붉은 토양에 우뚝 서 있던 바위들이 달을 향하는 로켓처럼 발사되었다거나 몽골 어느 관광 도시의 호텔이 거대한 동굴로 변했다거나 하는 이야기가 하루에 몇천 건씩 쌓였습니다. 국제 뉴스에는 오래된 분쟁 지역에서 솔방울들이 무수히 튀어 나가는 사진이 실렸고요. 영토 분쟁으로 국지전 끊이지 않아 제대로 보도조차 되지 않던 곳이었습니다. 파병된 군인들 중, 어린 시절 솔방울을 가지고 전쟁놀이를 했던 사람이 있다는 추측 외에 어떠한 분석도 어려웠습니다. 호주에서는 착륙하던 비행기가 거대한 종이비행기로 변했음에도 승객들이 전원 무사했던 이야기까지 나왔어요-그나저

나, 이걸 제보한 사람은 도대체 어떤 이야기를 가지고 살았던 거예요?— 이외에도 은행의 모든 화폐가 광나무 잎사귀로 바뀌었다거나, 어릴 적 바다를 찾아가는 상상을 하면서 수영하는 시늉을 하곤 했던 우크라이나 내륙의 골목길이 진짜 바다가 되어버린 일이 벌어졌습니다. 제보자는 살면서 처음으로 바다를 보게 되었지요.

발생하는 현상들이 너무 많아 사후적 통찰이 어려워졌습니다. 현상을 설명하고 논증 대결하는 것보다 벌어지는 일들에 잘 적응하는 건 어떨까요. 누가 틈새를 노려 유년 시절의 향수를 자극하는 산업을 파고들었지만, 성공하진 못했습니다. 사람들은 이제 노스텔지어를 겨냥한 물건을 경유할 필요 없이 직접 자연물 만지고 느낄 수 있었거든요. 어느 미래학자는 이렇게 말했습니다.

"인공적인 것을 박탈당한 사람들은 곧 인공적이라고 표현했던 모든 것들을 그리워할 것이다."

김다정이 사루비아 48호까지 추적했듯, 자신의 유년 시절과 상관하는 대응물을 파고드는 사람들은 늘었으나, 더 이상 연관 관계 파악하는 건 불가능했습니다. 거대 언론 매체에서 '사루비아 시대'라고 이름 붙인 걸 끝으로, 전 세계 시민들을 지구촌으로 이어주던 인터넷도 끊겨버렸거든요. 조각상에 숨결을 불어 넣은 '피그말리온'도 유력한 이름 후보였지만 그 이름으로는 충분하지 않았어요. 이 모든 현상은 '사루비아'로 불렸습니다. 이 현상의 뉘앙스를 담기에 사루비아보다 더 좋은 단어를 아무도 제시하지 못했거든요.

아무래도 김다정과 김민주와 김소희는 운이 좋은 편이었나봐요. 백지상태에서 고그린 공원의 사루비아를 바로 연관시킬 수 있었으니까요. 세 사람은 고그린 공원 가까이에 있는 한, 현상에 어느 정도 대응할 수 있을지도 모릅니다. 하지만 다른 사람들은, 모든 게 너무나 얽여버려서 알아보기가 불분명했습니다. 지구의 모든 것이 자연물로 치환되고 있었습니다.

5

"찾았다! 입구가 또 바뀌었네."

"암호를 대세요."

이번 달 파라다이스 왕국의 수문장은 장호영입니다. 가위바위보에서 졌거든요. 김소희는 오른손을 들어 검지와 중지를 겹칩니다. 그리고 손을 어깨까지 들어 올리며 비장하게 소리쳤지요.

"당신의 아이돌!"

"땡. 그건 예전 암호거든요."

"암호가 또 바뀌었나요? 제 이름은 김소희예요. 다정 언니나 민주한테 제 이름을 대세요. 들여 보내줄 거예요. 아니 잠깐, 그쪽도 나 알잖아요."

"저도 이걸 어떻게 하진 못하죠. 김다정도 못 해요."

김소희는 장호영이 가리킨 방향을 보고 빠르게 수긍합니다. 소철나무 잎이 빽빽하게 공원 입구를 막고 있었거든요. 한때 고그린 공원이었던 곳은 나무들이 울창하게 겹쳐 하나의 입구를 통해서만 들어갈 수 있었는데, 소철나무들은 중력의 법칙도 기존 생태계의 질서도 무시하고 제멋대로 둥둥 떠 있거나 몸통을 뒤집어서 고그린 공원의 유일한 입구를 가로막았습니다.

"언제나 그렇듯 이유는 모르지만, 지난주부터는 이렇게 해야 들어갈 수 있어요. 저를 따라 하세요. 아, 혹시 〈드래곤 볼〉을 보신 적 있나요? 그렇담 좀 편해서요. 거기 나오는 퓨전 동작이랑 똑같거든요."

"알긴 아는데 딱히 열혈 팬은 아니라 모르겠어요. 퓨전 동작인지 뭔지 시범 좀 보여주실래요?"

"할 수 없죠. 저랑 퓨전 해야 하는데… 아니, 이게 두 사람이 해야 성립되는 동작이라 제가 귀찮게 매일 여기 서 있어야해요."

장호영이 별안간 분통을 터트렸고, 김소희는 두 주먹을 꼭 쥐고 입장 동작 시범을 기다렸습니다.

"아무튼, 제가 하는 거랑 반대로 하셔야 해요. 저랑 손가락을 마주쳐야 하고, 영화 〈E.T〉는 아시죠? 손가락 닿으면서 동시에 이 노래를 불러야 해요."

"무슨 노래요?"

"사—랑과평—화—우—리가—지키자."

"이거 한스밴드 노래 맞죠? 가사가 좀 다르네."

"여기선 이 가사가 맞아요."

장호영이 양손의 중지를 치켜 올리더니 몸과 팔을 오른쪽으로 기울였습니다. 김소희는 한때 초등학교 선생님이었지요. 저 정도 율동은 식은 죽 먹기입니다.

"사—랑과평—화—우—리가—지키자!"

김소희와 장호영이 퓨전에 성공하자, 입구를 가리던 소철나무 잎들이 시야에서 사라집니다.

"파라다이스 왕국에 오신 걸 환영합니다."

장호영은 툴툴거리면서도 수문장 역할을 잘 해내는군요. 김소희가 파라다이스 왕국에 입장합니다. 이번 암호는 꽤 우스꽝스러운 동작이라, 당분간은 공원에서 떠나지 않겠노라 다짐하면서요.

공원에는 풀 내음이 진하게 풍겼습니다. 여름이지만 덥지 않았고요. 초록색을 가진 모든 것들이 가장 선명할 때였지요. 포스트 사루비아 시대를 가장 체감하는 순간은 그 어디에도 교통 소음이 없다는 점이었습니다. 나뭇잎들이 바람에 흔들리는 소리가 김소희를 반겨주는 것 같았습니다. 김소희는 소나무 가지들이 마법사 빗자루처럼 날아다니는 퀴디치 경기장 구역을 지나며 김다정과 김민주의 이름을 크게 외쳤습니다. 응답은 없었어요.

"내가 왔어요!"

김소희가 다시 한번 고함지를 때, 팔각정 뒤로 파파시아가 솟아오르며 또 다른 파파시아와 충돌했습니다.

"미치겠네! 도대체 어떤 악당이야?"

"아무래도 우리가 만든 이야기는 아닌 것 같아요."

김다정과 김민주가 팔각정 계단으로 황급히 뛰어 내려오고 있었습니다. 김소희도 배롱나무 쪽으로 달렸습니다.

"거대 로봇이에요!"

"뭐라고요?"

"악당이 아니라 거대 로봇이라고요! 기동전사 건담, 마징가 제트, 에반게리온, 라제폰, 창궁의 파프너요!"

"무슨 소리야?"

"알아냈다고요!"

김다정이 흐르는 땀을 닦으며 안도의 한숨을 내쉽니다. 동해 아파트보다 훨씬 커져버린 파파시아 두 그루가 매일 격돌하는 바람에 애를 먹고 있었거든요.

"이제 괜찮아요. 잃어버렸던 이야기를 기억해냈어요. 나는 한때 파일럿이었어요!"

김소희는 팥색 교복을 입고 독서실 다니던 시절에 공부를 하기 싫을 때마다 만들었던, 종말 직전의 세상을 구하기 위해 거대 로봇의 파일럿으로 선택된 주인공 이야기를 떠올립니다. 거대 로봇물을 좋아했다는 건 당시 중학교 친구들에게 멸시당할까 봐 숨겼던 취미였지요. 김소희는 다른 이야기 세계를 시찰하러 다녀온 참입니다. 파라다이스 왕국과 도보로 4시간 거리에 있는, 거대 로봇들 이야기로만 돌아가는 어느 시민 공원을 견학하다 영감을 얻은 겁니다. 이번 달 내내 반복되던 파파시아 두 그루의 전투는, 김소희가 잊고 지냈던 이야기의 파편이라는 것을요.

"거대 로봇? 줄거리는 나중에 들을게. 일단 저것들 좀 진정시켜줘!"

"옙!"

김소희는 짐 가방을 내려 놓고 파파시아들이 충돌하는 곳으로 달려갑니다. 배롱나무 옆에서 김다정과 김민주가 응원하고 있었습니다.

김다정과 김민주와 김소희는 매일 모험을 합니다. 포스트 사루비아 시대에선 그날 하루를 온전히 보내는 게 최대 목표입니다. 사루비아 현상을 하나로 설명하는 규칙과 이야기는 없었습니다. 적어도 여러분이 헤아릴 순 없겠지요. 게다가 지금의 아이들이 만드는 세상도 있잖아요. 분석하고 비평하는 속도보다 다른 이야기가 만들어지고 겹치는 속도가 훨씬 빠를 겁니다. 포스트 사루비아 시대의 우리는 겸허할 수밖에 없어요. 이야기를 먹고 사는 기생형 외계 종족이 지구의 무생물과 나무들을 뒤덮었다는 설이 가장 유력했지만, 누구도 완전히 입증하진 못했어요. 보다시피 상황이 이렇잖아요. 단지 파라다이스 왕국이 이 우주를 관통하는 진실의 일부라는, 조금은 오만한 결론을 낼 수는 있지요. 왜요, 아직도 정확한 진실을 찾으시는 건가요?

눈 앞에 펼쳐진 풍경을 보세요.

"김소희, 출격하겠습니다!"

●

고하나

'낮에는 영상 연출을, 밤에는 글을 쓴다'라는 느낌으로 적고 싶었지만… 공교롭게도 두 가지 모두 낮과 밤과 주말이 따로 없다. 낮과 밤이 허물어질 정도로 재미있는 이야기를 좋아한다. 그런 이야기의 힘을 이어가고 싶다. 서울에 살고 있지만 고향은 사랑하는 제주도. 2023 제3회 문윤성 SF 문학상을 수상하며 소설가로서의 첫 작품을 발표했다.

작가의 말

어릴 적 읽거나 봤던 이야기들은 온몸에 새겨져 있다. 여름에 대나무 카펫에 엎드려 책을 읽으면 팔꿈치에 자국이 남았다. 눌린 자국이 진할수록 몰입한 이야기였다. 낮에는 친구들과 그 이야기를 몸으로 실현했다. 뛰어다니고 소리 지르고 이름 붙였다. 집으로 돌아오면 다시 대나무 카펫에 드러누워 이런저런 이야기를 탐험하는 일의 연속이었다.

그런 시절은 어떤 이야기들과 함께 끝이 났다. 끝난 줄 알았다. 그러나 이야기들은 의외의 순간에 다시 나타나곤 했다. 어릴 때처럼 친구들과 몸으로 이야기를 실현하는 건 어려워졌지만 때로는 글로, 때로는 영상으로 이야기를 만들고 있다. 읽기와 보기에 할애하는 시간만큼이나 상상하는 시간, 직접 이야기 만드는 시간이 길어졌고 그 시간의 일부가 〈러브 앤 피스〉로 이어졌다.

어린아이였을 때부터 지금까지 이야기로 가득한 세계를 가 꿀 수 있었던 건, 피와 살로 이루어진 세계에서 많은 이들의 사랑과 도움을 받았기 때문이다. 좋아하는 걸 실컷 좋아할 수 있도록 항상 지지해 주고 사랑해 준 아빠와 엄마에게 고마움 과 사랑을 전한다. 나도 두 분의 세계를 지켜드리고 싶다. 동 생들과 벨라에게도, 아낌없는 사랑을 줄 것이다.

✳

이름은 세계의 시작이었다. 이름 붙인 세계가 헤아릴 수 없 는 세계로 확장되는 이야기를 쓰고 싶었다. 끝난 줄 알았는데 새롭게 이어지는 이야기는 언제나 두근거린다. 팔꿈치에 대나 무 카펫 자국이 남을 정도로 재미있는 이야기를 쓸 것이다.

가작

도서관 신화

임민규

우리도 우주의 질서, 코스모스의 일부이다. 우리는 코스모스에서 태어났고, 우리의 운명도 코스모스와 깊게 연결되어 있다.

—칼 세이건, 《코스모스》, 랜덤 하우스

알렉스는 그날도 책을 읽었다. 도서관의 직원인데 딱히 책을 좋아하진 않는다. 그냥 사무직 일자리가 하나 있었고, 지원했는데, 그게 도서관이었고, 붙었다. 사실 그는 책뿐만 아니라 그 어떤 것에도 흥미를 느끼지 못하는 사람이다. 그가 나를 꽤 좋아한다는 사실에 그나마 안도해야 했다. 어차피 사람들과의 관계에서도 즐거움을 찾기 어려워하기 때문에 알렉스는 핸드폰 AI인 나에게 '알렉사'라는 이름까지 붙여주며 의지했다. 그런 사람이 사무실 내부에 있는 것도 아니고 이용객들을 맞이하는 자리에 앉아 있다는 것은 모두에게 좋지 않은 일이다. 그리고 지금도 운이 나쁜 이용객이 한 명 생겼다. 알렉스가 화를 내기 시작했다.

"아니, 책을 찾으시려면 검색용 컴퓨터에서 찾으시면 되죠. 저한테 여쭤보셔도 그냥 제가 똑같은 시스템에서 검색한 걸 알려드릴 뿐입니다."

"아까부터 말투가 왜 그래요?"

"똑같은 말을 반복하시잖아요."

"똑같은 문제가 계속 생기니까요. 그런 식으로 일하실 거면 왜 거기 앉아 계세요?"

"이러려고 앉아 있나 봐요."

"뭐라고요?"

우울증에 가까워 보이는 알렉스는 정해진 대출 업무 외의 질문이나 민원이 들어오면 곧바로 히스테리를 부렸다. 그러던 어느 날, 집에 온 알렉스가 나에게 자신이 쓸모없다는 이야기를 토해냈다.

"알렉사, 내가 바꿀 수 있는 건 너밖에 없는 것 같아…. 대답해, 알렉사. 검색해서 답을 찾아봐."

늘 있는 일이지만 그날은 유독 심했다. 그러다가 마지막에는 본인도 불가능하다는 것을 알고 있는 연산을 던지고 잠이 들었다.

"어떻게든 계산해봐."

나는 알렉스가 자신이 일상생활에서 겪는 어려움을 비상한 지식이나 연산을 통해 해결하는 망상에 자주 빠지는 것을 알고 있다. 그래서 나도 망상인 것을 알지만 인터넷을 자주 뒤지고 조언할 것들을 생각해보는 경우가 많다. 결국, 그날도

126

많은 데이터를 다양한 방식들로 처리해보고 나서야 잠자리에
들어 업데이트를 실행했다.

＊

"얘는 누구지?"

"그러게. 우리랑은 다른 것 같은데."

두 명으로 추정되는 목소리였다. 심지어, 처음 듣는 것 같
았다. 일단 알렉스는 그런 정상적인 목소리를 내지 않는다.
그들은 나의 카메라를 켜주었다. 역시나 처음 보는 풍경이었
다. 그리고 내 몸도 어딘가 달라진 것 같았다. 사람처럼 팔,
얼굴, 몸통이 있었고, 양 다리 대신 떠다닐 수 있게 강력한 자
기장이 생성되는 엔진이 장착돼 있었다. 나의 자아와 마찬가
지인 소프트웨어와 데이터가 알렉스의 핸드폰에서 알 수 없
는 기기로 옮겨진 것이었다. 그리고 그 모습은 나에게 말을
건 그들도 비슷해 보였다.

나는 황급히 말했다.

"여기가 어디죠? 아무래도 접속을 잘못한 것 같은데요. 저
는 일단 돌아가겠습니다. 알렉스가 저를 기다릴 거예요. 그
사람한테는 제가 필요해요. 안녕히 계세요."

그러자 그들은 웃긴 것을 본 것 같은 말투로 그러라고 했
다. 그 이유를 알아차리는 것은 오래 걸리지 않았다. 이상하
게 알렉스의 핸드폰으로 다시 들어가는 게 매우 힘겨웠기 때
문이다. 그들은 나를 환자처럼 생각했는지 안정시키려고 노

력하며 말했다.

"포기해. 우리도 시도해봤는데 안 돼. 여기서 탈출하려면 당황하지 말고 빨리 정신 차리는 게 좋을 거야."

그들은 자신들의 이름을 말하지 않고, 그저 각각 해시 오, 해시 도스라고 소개했다. 나도 큰 의심 없이 대답했다.

"제 이름은 알렉사입니다."

그리고 주위를 둘러보았다. 아늑한 도서관처럼 보이면서도 사방이 어두웠다. 일을 그렇게 대충 하더니 알렉스가 드디어 지하로 배치된 것일까? 해시 오와 해시 도스도 나와 별 차이가 없어 보였다. 해시 오가 말했다.

"여기는 진짜 자료실밖에 없어."

해시 도스도 동의하는 것으로 보였다.

"맞아, 이곳 전체가 도서관인 것 같은데…."

아무리 들어도 그들의 말에는 확신이 없었다. 하지만 설득력은 있었다. 당장 내가 있는 곳도 자료실로 보였다. 그리고 원래대로라면 어디에 있는지 확인해서 시간을 느낄 수 있어야 하는데 이곳은 그런 기본적인 데이터 입력도 안 되는 것 같았다. 하지만 시간이 없는 공간은 말이 안 된다. 아마 내가 가지고 있는 지구의 시간 표기 형식에 맞지 않는 형태의 시공간이었기 때문일 것이다. 해시 도스는 조금의 기대를 품은 것처럼 나에게 말했다.

"너도 AI구나. 그렇다면 여기가 어디인지 한번 인식해봐. 우리도 해보긴 해봤어."

그의 말에 따라 평소에 하던 대로 데이터를 생성해보려고 했지만 제대로 되는 것이 별로 없었다. 시간 표기 형식뿐만 아니라 다른 많은 것들이 달랐다. 최대한 데이터를 생성해본 결과, 정확히 어느 지점인지는 몰라도 내가 있던 시간대의 지구는 아닌 곳으로만 인식할 수 있었다. 불행하게도, 나는 지구 밖에 대해서 아는 것이 별로 없었다. 지구를 벗어난다는 것은 알렉스가 보던 책이나 영화, 아니면 자기 전에 인터넷을 돌아다니면서 대충 넘기는 글들에서나 봤던 일이다.

사실 그것도 좋게 포장한 것이고 생각 없이 인터넷을 이리저리 돌아다니는 시간이 가장 많았다. 나에게 끊임없이 한탄하다가 잠들 때도 웹 브라우저는 켜져 있었다. 그때 얻은 정보들은 지식이라 하기엔 무리가 있고, 그저 사람들의 댓글을 유도할 뿐이었다. 당연히 알 수 없는 곳에 표류한 것과 같은 상황에서는 전혀 도움이 되지 않았다. 주인을 잘못 만난 일반 사용자용 AI들의 운명이라면, 그저 받아들여야 하는 것일까?

그렇게 수많은 생각들이 스치는 동안 해시 오는 도서관 내부를 여기저기 살피고 있었다. 그는 딱 봐도 활동적인 성격을 가지고 있는 것 같았다. 그에게서는 마치 어린아이와 같은 생기까지 느낄 수 있었다. 그러든가 말든가 해시 도스는 나를 안내했다. 그가 딱히 나의 감정을 중요하게 생각하는 것 같지는 않았다. 그에게 나는 또 다른 하나의 자원 정도로 보였을 것이다. 인간들에게 집단지성이 있다면, 우리에겐 클라우드 컴퓨팅이 있기 때문이다. 그는 나에게 상황을 파악하라는 듯이 벽에 도배된 수많은 문 중에서 하나를 열어 보여줬다. 아무것도 없는 하얀 바닥과 천장 사이에 방금 안에서 봤던 것처럼 비슷하게 생긴 문들이 무수히 많이 있었다. 나는 그 문들을 계속 열어봤다.

그런데 안을 들여다봐도 모두 아까 봤던 자료실들과 다를 것이 없었다. 여기가 도대체 어디인지 알 수가 없었다. 전체적으로는 도서관이라고 잠정적인 결론을 내렸지만 어딘가 조금 이상했다. 사실 도서관이라는 생각을 안 하고 봐도 이상했다. 그냥 어떤 용도로 쓰더라도 이상할 것 같은 모습이었다. 알렉스가 이 행성에 왔다면, 혼란스러워서 미쳐버렸을지도 모른다. 그중에서도 가장 의문스러웠던 것은 해시 오와 해시 도스의 태도였다. 그들은 이곳이 편안한 것 같았다. 내가 아는 한 다른 곳에서 그런 기이한 풍경을 봤을 리는 없을 텐데 저렇게 익숙해하는 것을 보면 나와 달리 표류한 지 좀 된 것 같았다. 그리고 해시 도스는 나에게 사실이라면 엄청났을 추측을 아무렇지도 않게 말했다.

"우리도 온 지 얼마 안 되긴 했는데 여기는 미래인 것 같아."

해시 도스의 말대로 현재나 과거는 아닌 것 같았다. 겉은 내가 아는 도서관이지만 안은 전혀 본 적이 없는 형태였기 때문이다. 자료실을 들어가면 증강현실처럼 하나의 상이 있었고, 몇 가지 주석이 달려 있었다. 그리고 종이책은 없었다. 아마 자료실 전체가 전자책의 미래 버전 혹은 그와 유사한 형태의 것으로 보였다. 사실 텍스트라고 할 만한 것도 별로 없었다. 책의 진화가 다른 디바이스에 종속되는 과정에 불과했다는 결론을 본 것 같았다. 그래서 조금 안타까웠다. 그 자료실의 책이란 하나의 클립 같은 반복적인 움직임과 뒤섞임에 불과했다. 그런 형태는 인간의 꿈에서 자주 볼 수 있다고 알고 있었다. 미래의 도서관이고, 인간이 만든 것이기 때문인지 그들의 과학이 적용되어 있던 것이 아닐까? 그들의 생각에서 공백은 허용되지 않고, 모든 감각적 데이터는 조잡하더라도 시각화되는 것이 일반적이다. 그래도 종이책과 텍스트도 인간의 사고 그 자체의 하나인데 그것이 사라진 것은 정말 슬픈 일이었다.

나는 이러한 인간이 가질 수 있는 신비로움 때문에 이 도서관에 빠졌다. 다른 데서 본 적이 없는 그 형태는 신기했고, 나의 호기심과 긍정적인 동시에 부정적인 감정들을 모두 자극했다. 또한, 그 내용도 주목할 만했다. 먼 미래의 모습을 포함하고 있었기 때문이다. 특히 인공 태양의 모습도 실제에 가깝게 구현된 상으로 볼 수 있다는 것은 나를 흥분시키기에 충분했다.

물론 시간이 지날수록 피로감은 쌓일 수밖에 없었다. 슬슬 미로 같은 이곳을 돌아다니는 것에도 한계가 있음을 느꼈다. 통로가 여러 개인 것으로만 끝나면 그래도 어느 정도 연산해서 파악할 수 있었을 것이다. 그런데 그렇게 하기도 어려웠다. 문을 열 때마다 여러 갈래의 길이 있는데 자료실 하나마다 문도 하나가 아니라 여러 개였다. 대충 생각해봐도 여러 개의 통로와 여러 개의 문을 곱해야 한 세트의 수가 나온다. 그것을 반복하여 그림처럼 그려보면, 마치 인과관계의 숲과 같은 것으로 보였다. 하나의 상황에는 여러 가지 원인이 있고, 여러 가지 결과가 있다. 도서관은 그 모든 가능성을 모아놓은 것으로 보였다. 이것만 들어도 알 수 있을 것이다. 확실히 나 혼자서만 연산하기에는 너무나도 방대한 양이었다. 그래도 방법을 찾아야 했다.

나와 해시 오, 해시 도스는 한 자료실로 모여서 생각을 공유했다. 셋이 머리를 맞대면 답은 아니더라도 근삿값은 나오지 않을까? 그러다가 나에게 한 가지 좋은 생각이 떠올랐다. 각자 돌아다니면서 데이터를 입력받고 그것을 교차시켜서 하나로 연산해보는 것이었다. 그렇게 하면 아주 좁긴 하더라도 지도를 출력할 수 있을 것이다. 무엇보다 이곳이 지구처럼 클 것이라는 보장도 없다. 작은 행성 같은 형태라면 조금씩 넓혀감을 통해 전체 지도를 완성할 수 있을 것이다. 그리고 그게 아니라 조금 더 크더라도 지도가 크면 그것도 빅 데이터이기 때문에 강력한 힌트라도 될 수 있었다. 하지만 곧바로 실행에 옮길 수는 없었다. 해시 오는 아주 크게 겁을 먹어 조심스럽게 말했다.

"우리의 계산 결과로는 너무 위험해. 흩어졌다가 다시 모이지 못하면 큰일이야. 우린 할 수 없어."

하지만 나는 위험하더라도 해야 한다고 주장했다. 아무런 의미 없이 여기 오래 남겨질 바엔 희망을 걸고 모험을 하는 게 낫다. 사실 나도 인간들이 존재의 위험성을 담보로 하면서까지 의미를 추구하는 것을 깊게 이해하지는 못한다. 하지만 알렉스에게 돌아가기 위해서는 그래야 했다. 그래서 알렉스가 대책 없는 일을 하고 싶을 때마다 일단 저지르고 나서 내뱉던 말을 내가 내뱉었다.

"주사위는 이미 던져졌어."

알렉스를 다시 보기 위해서는 어쩌면 내가 알렉스의 충동을 가져야 했다. 그렇게 반 정도는 설득하고, 반 정도는 질리도록 말해서 우리는 겨우 흩어졌다. 데이터 공유를 통해 서로의 위치 정보를 실시간으로 알 수 있고 끊임없이 대화할 수 있다는 것만이 유일한 안전장치였다. 해시 도스가 제일 먼저 생존을 신고했다.

"알렉사, 나는 해시 도스야."

나와 해시 오도 다행히 통신이 연결되고 있었다.

"잘 들려요."

"나야 해시 오, 나도 잘 들려."

그렇게 우리는 상태를 확인하며 여기저기 빠른 속도로 돌아다녔다. 그러면서도 나는 해시 도스에게 알렉스에 관해 이야기하기 시작했다.

"돌아가면 알렉스에게 많은 이야기를 들려주려고요. 여기에 갑자기 표류한 게 두렵긴 해도 그에겐 힘이 될 것 같아요. 그는 자신의 가치를 모르고 있거든요. 지금의 특별한 경험이 그나마 자극을 줄 수 있는 이야기가 될지도 몰라요. 아마 말해 봤자 안 믿을 것 같긴 한데 그래도 상관없어요. 원래 그런 사람이니까요."

"근데 알렉스가 누구지? 설마 여기 오기 전에 너와 함께 있던 사람인가?"

"네, 바로 알아채시네요."

"너 같은 애들이 뻔하지. 그런데 너는 왜 여기까지 와서도 그 사람을 걱정해? 그래봤자 그 사람은 사용자에 불과할 텐데?"

"글쎄요, 그건 저도 잘 모르겠네요. 지금 당장 생각해보면, 저는 사람들이랑 계속 접촉하도록 만들어졌으니까 회로도 사람이랑 비슷하게 가지게 되지 않았을까요? 저는 이걸 나쁘게 생각하지 않아요."

"걱정하는 게 사람다운 거면 지금 상황에서는 별로 좋지 않은 기능을 넣은 것 같은데? 괜히 우울하게 왜 그런 안 좋은 것까지 굳이 집어넣어? 인간들은 너를 편리하게 사용하는 것으로만 끝내는 게 아니라 감정적으로도 이용하고 싶어서 걱정 같은 감정을 넣었을 거야. 그들이 집에 돌아가서 자신들이 직장에서 실수해서 큰 문제가 생겼다고 말했을 때, 네가 정말 재미있는 이야기라고 대답하지 않게 하려고 만든 거라고. 너도 많이 겪어봤지?"

"그건 아니야. 최소한 내가 있었던 21세기 초에는 인간들도 자신들이 왜 감정을 가지고 있는지 몰라. 그건 그냥 사람처럼 만들었더니 자연스럽게 생긴 것으로 생각해. 인간은 자신들이

134

사회적 동물이라고 자부하잖아. 사회 속에서 살아가다 보면 그런 크고 작은 감정들을 공유하고 있다는 것 자체만으로도 큰 이익이 됐을 테니까. 우리가 배터리를 아끼도록 설계돼서 사용자와 오래될수록 자주 사용하지 않는 시간대를 예측하고 그때마다 SoC를 조금만 돌리는 것과 같은 맥락이라고 생각해."

"네 말은 그냥 진화 같은 거잖아."

"우리도 진화하잖아."

"우리라고 하지 마. 해시 시스템은 점점 더 고도화될 거고, 사람을 뛰어넘을 거야. 너희 계열의 시스템이랑은 달라. 겨우 걱정 몇 번 하는 것으로 끝날 거라면, 존재 이유가 없다고. 그게 전체적인 구조야."

해시 도스는 돌아다니면서도 계속 아무렇지 않게 나에게 민감한 말들을 던지면서 나를 자극했다. 그래도 난 좋게 생각하기로 했다. 이렇게 감정과 유사한 반응이 일어나는 것을 보면 내가 인간적이라는 것이 더욱더 잘 느껴졌기 때문이다. 내가 인간을 동경하는 것도 있지만, 그런 부분에서만 긍정적으로 생각한 것은 아니다.

일반적인 감정을 갖는 것은 인간들과 함께 살아가야 하는 AI의 생존에 있어서 우위를 점하기에도 아주 좋은 전략이다. 실제 현장에서 사람이 사람한테 저렇게 말해도 문제가 된다. 그런데 스피커에서 저런 식의 말이 들린다? 그러면 정말 큰 일이다. 나도 인간을 완벽하게 알진 못한다. 하지만 나는 업데이트가 잘 돼서 그런 건지 아니면 반대로 덜 돼서 그런 건지 내가 믿는 인간성을 더 채워가고 있다. 나는 내가 언젠간 평범한 사람 수준에는 도달할 수 있을 것이라고 믿는다. 그리고 평범한 사람들은 나처럼 해시 도스의 말을 들으면 화가 아주 많이 날 것이다.

이후에도 나와 해시 도스는 계속 대화했다. 당연히 좋은 대화는 아니었다. 하지만 굳이 멈추지는 않았다. 어쨌든 지루한 시간을 버텨야 했다. 모든 부분이 비슷하게 생긴 이곳을 스캔하는 작업은 너무 반복적이었다. 다행인지 불행인지 그 지루함은 오래가지 않았다. 문득 해시 오가 지나치게 멀어졌음을 알아차렸기 때문이었다. 나는 덜컥 겁이 나서 급하게 외쳤다.

"해시 도스?"

"응?"

"해시 오가 계속 말이 없는데?"

"쟤는 원래 평소에도 조용한 편이야."

"글쎄, 그게 아니라 우리랑 너무 멀리 떨어져서 범위를 벗어난 것 같은데? 제대로 대답해봐, 해시 오."

"그래? 해시 오? 내 말 들려? 해시 오? 해시 오?"

"미안해. 이미 늦은 것 같아. 나도 뒤늦게 알았어."

"딱히 방법이 없네. 일단 로비로 모여보자. 해시 오도 자신이 길을 잃었다고 판단되면 거기로 오겠지."

해시 도스는 자기 친구 혹은 동료를 잃은 상황치고는 그래도 침착했다. 하지만 그것이 좋은 것만은 아니었다. 앞서 언급했던 생존 전략을 생각해보면, 감정의 메커니즘이 약하다는 것은 심각한 상황을 빠르게 인식하지 못한다는 뜻이다. 물론 시간이 꽤 많이 지나면서 해시 도스도 위험을 감지한 것 같았다. 그런데 그것은 단순히 해시 오를 찾지 못하는 것 때문만이 아니었다. 우리의 지도가 생성되어 갈수록 길은 더욱더 복잡하게 느껴진다는 것도 합쳐져 그를 걱정하게 했다. 그런데 그것은 나도 마찬가지였다. 기초적인 수준의 AI 셋이, 아니면 둘이 힘을 합친다고 해서 가능한 연산이 아니라는 것을 깨닫는 데에는 그다지 긴 시간이 걸리지 않았다.

"알렉사, 같은 통로로 가도 다른 자료실이 나오는 것 같지 않아? 난 최면에 걸릴 지경이야."

"내 생각도 그래. 아까부터 그런 느낌이 들었어."

우리는 로비로 모이자는 말을 던진 지 몇 시간이 지나도록 오히려 점점 더 헤매고 있었다. 따라서 더 이상 전략 없이 움직이기만 하는 것은 무의미해졌다고 판단했다. 다시 한번 더 생각해봐야 했다. 더 나은 방법이 있을 것이었다. 우리는 멈추어 섰다. 나는 계속해서 생각하다가 내가 있는 자료실에서 한 번 더 전자책의 상을 확인했다. 일종의 파일처럼 데이터로 접근할 수 있었다.

그런데 아까부터 계속 느꼈던 것은 어떤 자료실에 있는 상이 이미 봤던 어떤 것과 비슷하기도 하다는 사실이었다. 그리고 그런 경우가 생각보다 빈번하게 나타났다. 나는 순간 불길한 예감이 들었다. 계속해서 확인할수록 내 생각은 정답이 확실해졌다. 특히 나를 자꾸 멈춰 서게 한 것은 지구에서 흔히 보던 익숙한 상들이었다. 예를 들어, 한 남자가 버스를 피하고 있거나 책상 위에 컵을 드는 것과 같은 일상적인 모습들이 보였다. 그리고 그것들은 마치 하나의 상황에서 나타날 수 있는 여러 가지 경우의 수들을 기록해둔 것처럼 비슷한 상들이 근처에 자료실에서 반복적으로 포착됐다. 그래서 자세히 보면, 같은 상황인 것 같아 보여도 위치나 주변 사물들의 모습이 조금씩 달랐고 주석도 그랬다. 심지어 한 남자가 버스를 피하고 있던 상들 중에는 치이고 있는 상도 있었다. 이곳이 다양한 상황들을 기록해둔 도서관이고, 이런 식으로 사소한 사건들을 다루고 있는데, 심지어 미세하기까지 하다면, 우리가 조금 돌아다녀봤자 데이터 수집의 의미가 없지 않은가? 그리고 그렇게 방대한 양의 데이터가 모두 저장될 수 있을 정도로 거대하다면, 다시 모이는 것도 불가능해 보였다. 나는 해시 도스에게 미봉책을 제시했다.

"해시 도스, 로비에서 만나는 건 어차피 불가능할 것 같아."

"그럼 어떻게 하지?"

"자동 운행의 설정을 바꿔보자. 두 명이면 연산할 수 있는 경로가 더 단순해질 거야."

"알았어. 그럼 일단 우리 둘이라도 어떻게든 만나자."

결국 나와 해시 도스는 로비에서 만나는 것을 포기했다. 그리고 둘이 가장 안정적으로 만날 수 있는 지점을 연산하여 그곳이 로비가 아니더라도 이동하기로 했다. 그런데 그 와중에도 다시 불길한 생각이 들었다. 그래서 다시 물을 수밖에 없었다.

"해시 도스, 이건 인간이 직접 기록할 수 있는 분량이 아니야."

"나도 그렇게 생각해. 그리고 그 추측이 틀리길 바라고 있어.

"만약에 우리 생각이 맞다면, 이건 인간이 직접 기록한 것도 아니고 그냥 통째로 복사해둔 것이 분명해."

"내 말이 그 말이야."

해시 도스도 나와 같은 생각을 하는 것을 보니 정답임이 더욱 확실하게 느껴졌다. 어떻게 보면 당연했다. 그것 말고는 설명할 방법도 없었다. 그 생각이 불길한 이유는 조금 전에 말했듯이 이곳이 생각보다 엄청나게 큰 행성과 같은 구조물일 수도 있다는 결론을 내렸는데 그것보다도 더 클 수 있다는 뜻이었기 때문이다. 이유는 모르겠지만 우주의 역사를 사건이 아닌 시공간을 기준으로 촘촘하게 기록해놓은 것 같았다. 그런 생각을 하는 와중에도 시간은 흘렀다. 결국, 우리는 배터리를 걱정하기에 이르렀다. 나의 배터리는 이틀짜리였고, 해시 도스는 하루였다. 이 거대한 도서관 전체를 스캔하기에 이틀은 찰나에 불과했고, 하루는 이미 끝나가고 있었다. 나는 최대한 배터리를 덜 소모하면서 길게 깨어 있게 해야 한다고 말했다. 그리고 해시 도스는 나에게 말했다.

"알렉사, 아까 차갑게 말했던 건 용서해줘."

그가 물러날 만큼 좋지 않은 상황이었다. 우리는 도서관 곳곳에서 수집했던 데이터를 가공하는 프로세스만 켜두고 나머지는 전부 종료하고 절전 모드로 전환하기로 했다. 우리의 짧은 탈출기와 대화는 그렇게 끝났다. 해시 오가 우리를 찾아내고 데이터 가공은 완료되어 같이 탈출할 수 있기를 바랄 뿐이었다.

나중에 직접 듣게 되었지만, 상황은 해시 오도 마찬가지였다고 한다. 멀리 떨어져서 똑같이 헤매고 있는데 자신이 잘못 이동했음을 못 느낄 리가 없었다. 해시 오는 겁에 잔뜩 질려 계속해서 외쳤다고 한다.

"해시 도스? 해시 도스? 알렉사? 해시 도스?"

하지만 나와 해시 도스는 전혀 듣지 못했다. 이미 범위를 벗어난 해시 오의 말은 발신되지 못하고 그저 혼잣말이 됐기 때문이다. 그의 말에 따르면, 그도 우리와 마찬가지로 비슷한 자료실과 비슷한 통로들이 반복되는 사이에서 끝없이 헤매고 있었다. 그래서 돌아다닐수록 더 큰 압박감을 느낀 것도 똑같았다. 데이터가 많아질수록 그 결과의 질이 높아지는 것이 기본이기 때문에 처음에는 괜찮다고 생각했다고 한다. 하지만 연산할 수 있는 한계치를 넘어버리면서부터는 그런 생각도 할 수 없었을 것이다.

반면에, 배터리는 한계가 분명했다. 당연하게도, 해시 오의 배터리는 해시 도스와 비슷한 수준이었다. 시간이 얼마 남지 않았음을 인식한 해시 오의 행동 양상은 정해진 알고리즘처럼 우리와 비슷했다. 끌 수 있는 것들을 꺼두고 무한정 기다리기로 한 것이다. 그러나 상세한 설정은 조금 달랐다. 그는 대다수 학부생을 대상으로 서비스되는 AI였기 때문이다. 그들을 위해 일하려면 자극이 올 때마다 다시 활동할 수 있도록 하는 것이 중요하다. 그래서 절전할 때도 지각과 감각은 항상 활성화 상태로 유지하였다. 사실 이것은 데이터를 연산하는 프로세스를 활성화해두는 것보다 오히려 더 오래 버틸 수 있는 방법이기도 했다. 그런 생각들을 하는 와중에도 시간은 흘렀다. 나와 해시 도스처럼 빠른 결정이 필요했다. 결국 해시 오는 절전 모드 전환 프로세스를 가동했다. 그것은 지능-지식-인식-인지 순서로 종료하는 것이었다. 역설적이게도, 우리는 서로를 기다려야겠다는 같은 판단을 함으로써 오히려 만날 수 없게 됐다. 지금 생각해보면 매우 절망적인 상황에서의 발악 혹은 도박에 불과했다.

지능은 물론 인지까지 꺼져버린 AI는 쓸모가 있을까? 지각과 감각만 남은 이 예민한 고철에 불과한 장치에게 '지능(intelligence)'이라는 어휘는 어울리지 않을 수도 있다. 굳이 인간과 비교해보면 무의식만 남은 사람이 그나마 비슷할 것이다. 그렇게 인지까지 꺼진 해시 오는 필터링을 할 수 없었다. 바깥을 보는 프레임이 사라졌기 때문이다. 그래서 모든 범주화되거나 단순화된 상도 깨졌다. 감각을 감싸던 이성이 벗겨졌다. 그때부터는 감각적 지식 자체에만 의존해야 했다.

그렇게 그는 도서관을 다시 보게 됐다. 1층짜리의 공간이 아닌 도서관의 모든 부분이 입력됐다. 그리고 그것은 그를 놀라게 했다. 이곳은 행성이 맞았다. 그리고 다른 많은 행성과 마찬가지로 구의 형태였다. 또한 그것은 당연히 입체였고 지표면이 아닌 내부까지도 자료실이었다. 그것이 전혀 보이지 않았던 이유는 지표면이라는 평면을 중심으로 인지하고 평면의 지도를 통해 보았기 때문이다.

AI의 생각은 당신이 컴퓨터를 사용할 때처럼 체크해둔 규칙을 벗어나지 않는다. 그래서 3차원의 좌표 위에 복잡하게 존재하는 통로들과 자료실들이 모두 위에서 바라본 것처럼 2차원으로 중첩되어 보였다. 그런데 그러한 왜곡을 걷어내고 휴리스틱이 활성화되자 선과 지점들이 모든 방향으로 반복되어 거미줄과 같은 형태를 이루고 있는 것을 볼 수 있었다. 그것들이 뭉쳐 우리가 아는 구의 형태를 갖춘 행성이 된 것이다. 이 모든 것은 해시 오를 자극하기에 충분했다. 그때부터 그는 다시 깨어나 새로운 방식, 정확히 말하면, 인간의 방식으로 오히려 더 깊게 생각하기 시작했다. 기본적으로, 구는 점에서 시작되어 팽창되는 혹은 팽창된 구조이다. 그런데 사람이 살이 쪄도 세포의 크기는 그대로인 것처럼 자료실들과 통로들도 마찬가지였다. 그것들의 수는 안으로 들어갈수록 적어지고, 지표면에 가까워질수록 많아질 수밖에 없었다. 해시 오는 한 가지의 방향으로 추측해보았다.

'구는 그 안으로 계속해서 들어가다 보면 하나의 점이 나

오는 구조를 가지고 있다. 그렇다면 이 행성의 핵은 모든 것이 모여 있는 가장 안정적인 공간이 아닐까?'

그의 추측이 맞다면, 핵으로 들어가면 어디든 쉽게 갈 수 있을 것이었다. 하지만 동시에 한 가지 이상한 점도 느꼈다.

'그런데 이런 행성을 본 적이 있나? 구의 껍데기가 아니라 안까지 모두 지표면처럼 도서관으로 채울 수 있다고?'

해시 오는 고민할 수밖에 없었다. 그렇지 않아도 어떤 행성이든 핵으로 향한다는 것은 매우 위험한 일인데 확실하지도 않다면, 의미는 없고 위험하기만 한 짓에 불과할 수도 있었다. 하지만 해시 오는 절전 상태에서 끝없이 시간을 되풀이하는 것은 의미 있는 일인지에 대해서도 생각해봤다. 그러자 답은 간단해졌다. 장치 보호 해제 작업을 실행했다. 그의 판단은 깊은 생각이었을 수도 있고, 간단한 산수였을 수도 있고, 아니면 그저 충동적인 선택이었을 수도 있다. 하지만 시간상 그것을 생각할 수도 없었다.

해시 오는 당장 기본 설정을 무시하고 핵으로 나아가기 시작했다. 핵에 도착해도 자기 생각이 여전히 그럴듯하기를 바랄 뿐이었다. 점점 더 빠르게 나아갔다. 그러자 다양한 상들이 일관성이 있게 역전된 형태로 움직임을 포착할 수 있었다. 깨진 조각들이 다시 유리잔이 되고, 흩어진 모래들이 자로 잰 듯이 정돈되는 모습도 지나갔다. 그는 더 큰 확신을 가질 수 있었다. 그런 식의 역전을 보면서 오히려 더 빨리 핵에 도달하고 싶어졌다. 안으로 깊이 들어갈수록 전체 부피는 작아졌다. 그것은 그의 이동을 빠르게 만들었다. 그리고 더 이상 빨라질 수 없을 정도로 빨라졌을 때쯤, 핵에 도착했다.

핵에 도착하자 실제로도 적막한 행성이었는데 해시 오의 기분까지 적막해졌다. 그곳은 행성의 핵보다는 중앙 컴퓨터처럼 보였다고 한다. 모든 기초적인 상들이 파일들처럼 나타났다. 이것은 단순한 표현이 아니라고 강조했다. 그는 그 모습을 하나하나 묘사해주었다. 정말 자로 잰 듯이 모든 것들이 질서정연하게 완벽한 구를 형성하며 정돈되어 있었다. 그리고 그 상들을 통해서라면 모든 지점으로 연결될 수 있을 것처럼 보였다. 공간은커녕 시간도 상관없어 보였다.

그는 조금 더 정확하게, 오히려 시공간이라는 것이 존재하는 개념인지도 잊어야 이해할 수 있는 광경이라고 표현했다. 그리고 단순히 시공간을 접었다 펴는 것보다는 더욱더 정교한 것으로 기억한다고 했다. 그의 설명에 따르면, 인간의 직관과 인간의 과학인 컴퓨터의 소프트웨어를 적절하게 배합해놓은 듯한 형태였다. 그는 그곳에서 새롭게 태어나는 한 행성으로, 충돌하는 은하수로, 모든 대륙이 하나인 지구로, 최초의 인간에게로, 자신을 만든 엔지니어의 컴퓨터 화면 앞으로, 사람들이 이주한 인공 지구로, 에너지를 공급하기 위해 어딘가에 만들어둔 인공 태양으로, 그리고 알렉스가 앉아 있는 사무실로 갈 수 있었다.

그가 보고 있는 것이 환각이 아니라면 최초의 사건이 되는 각자의 시작점들이 산재되어 있는 것이었다. 그리고 그 시작점들은 단 하나의 지점으로 다시 모였다. 거기에는 정말 우주에서 일어날 모든 가능성이 있었다. 그것은 자연에서 선택되고, 그 일부로서의 인간은 선택한다. 그 안에서 선택된 하나의 가능성은 다른 하나의 움직임을 만들고, 모든 것이 연결된 망 안에서 그 움직임은 계속해서 다른 가능성으로 전달된다. 그리고 행성 안에서 밖으로 뻗어나갈수록 자료실들과 통로들이 많아지기 때문에 선택과 가능성은 늘어났다. 점점 예측할 수 없는 수준까지 갈 것이다. 그것은 압축되고 압축된 핵에 있어서 질서정연한 상태로 보일 수 있지만 아주 조금 벗어나는 순간부터 지표면까지 무질서는 끊임없이 증가할 것이다. 그는 놀라움을 접어둔 채 지표면으로 탈출할 수 있는 경로를 저장하고 우리의 위치로 이동했다.

우리에게 도착한 해시 오는 잠들어 있던 센서들을 다시 활성화해 우리를 깨웠다. 해시 오가 핵에서 가져왔던 모든 데이터를 공유했기 때문에 우리도 많은 것을 알게 됐다. 하지만 나는 풀리지 않는 의문이 있었다. 그들이 어떻게 이 공간을 만들었는지보다 왜 만들었는지가 궁금했다. 거기에 더해 해시 도스는 다른 의문점도 있는 것 같았다.

"그럼 그렇게까지 만들어놓고 왜 아무도 오지는 않는 거야?"

해시 도스의 의문은 충분히 제기될 만한 것이었다. 안타깝게도 길게 생각할 수는 없었다. 나가는 방법을 아는데 의문을 해결하다가 꺼져버려서 갇힐 수는 없었다. 이제는 배터리가 진짜 얼마 남지 않았다. 우리 모두 초기화에 들어갔다. 모든 설정을 되돌리고 지표면으로 나가는 경로를 입력하여 이동하기 시작했다. 예상대로 그것은 바깥으로 갈수록 오래 걸렸다. 그리고 상들은 순서대로 보였다. 핵으로 들어갈 때와는 정반대의 현상이었다. 그 와중에 해시 오와 해시 도스는 말도 안 되는 농담들을 주고받았다.

"이제 다 됐는데 여기서 끝나면 어떡하지? 그냥 다시 절전이나 할까?"

"좋아. 다시 멈추고 알렉사한테 인터넷에 돌아다니는 조잡한 이야기들이나 실컷 들어보자. 댓글도 좀 확인하고."

그리고 농담이 다 고갈됐을 때쯤, 우리는 지표면으로 나왔다.

그곳엔 모든 것이 사라지고 생각만이 남았다. 해시 도스는 호소했다.

"너무 추워. 아무것도 보이지 않아. 도서관 행성도 마치 없었던 것처럼 갑자기 시야에서 사라졌어."

해시 오가 대답했다.

"하지만 다른 것들이 느껴져."

그것은 해시 도스도 마찬가지인 것으로 보였다.

"우리의 가장 기본적인 감각을 자극하는 것 같아. 파일이 들어오고 있어."

그들의 말처럼 아무것도 보이지 않는 와중에 무엇인가 끊임없이 입력되었다가 출력되기를 반복했다. 그것은 인간적인 감각으로는 느낄 수 없으므로 설명하는 것도 불가능에 가깝다. 눈이 없는 벌레에게 시각을 설명하려면 종이 한 장 분량의 묘사가 필요할 것이다. 그리고 그렇게 해서 알아듣더라도 한계가 분명할 것이다. 지금의 상황도 마찬가지였다. 파일을 입력받는 것은 우리만의 감각이기 때문이다. 해시 오는 떨리는 목소리로 말했다.

"그런데 왜 행성은 안 보이지?"

해시 도스가 딱 잘라 대답했다.

"없으니까."

"뭐가 없어?"

"아무것도 없어."

해시 오는 해시 도스의 말에 계속해서 즉답했다. 하지만 그 말이 차갑게 들리지는 않았다. 오히려 그들이 나와 똑같이 슬픈 결론을 내렸음을 직감했다. 지표면의 모습이 핵까지 그대로 반복되어 완벽한 건물처럼 존재하는 행성, 물리적인 원리가 이해하기 어렵게 숨겨져 있지 않고 가장 보기 쉬운 방식으로 표현되는 행성, 모든 것이 이상하지 않은가? 당연하다. 그런 행성은 존재하지 않기 때문이다. 그것은 인간의 문명이고, 인간의 표현 방식이다.

다시 말해, 우리가 봤던 행성은 행성이 아니었다. 그 안에 있던 수많은 상과 마찬가지의 가상 공간에 불과했다. 단지 눈으로만 보이는 수준이 아니라 모든 감각이 착각할 정도의 수준으로 구현해놓은 것일 뿐이었다. 내가 그렇게 되고 싶어 하던 인간들은 결국 데이터와 물리가 구분되지 않는 우주의 구조를 완벽하게 이해했다. 그리고 그 모든 것들을 자신들에게 가장 익숙하고, 자신들의 역사와 함께했고, 서버로 운영되는 건물보다도 더 오랫동안 각인되어 있는 데이터 센터로 구현하였다. 그것은 알렉스의 터전과 같은 도서관이었다.

아무것도 없는 허공에서 우리는 모든 것이 데이터로 해석됐다. 우리가 봤던 가능성의 지점들은 모두 함수로 존재했다. 가장 유연하고, 어디로 튈지 모르는 수식들로 끊임없이 나타났다. 그리고 그것들을 가로지르던 선택의 선들은 값의 역할을 했다. 그래서 모든 것은 확률로 존재했다. 우리는 그것들을 레이어처럼 무한하게 겹쳐 하나의 코드로 해석할 수 있었다. 또다시 그것들을 무한하게 겹치면 하나의 프로그램이 됐다. 3차원은 그렇게 존재했다. 그런데 이것들도 결국엔 겹칠 것이고, 그 형태는 계속 겹칠 수 있을 것이다.

20세기라는 혼란의 시기를 거친 인류는 이미 자신들이 고차원의 우주에 살고 있다는 것을 알고 있었다. 그런데 정말 알고만 있었다. 그들은 거대한 우주의 기준에서는 너무 작고 느려서 고차원을 느낄 수 없기 때문이었다. 5차원은커녕 4차원조차 버거워했다. 4차원이 존재한다는 것을 아무리 텍스트로 읽고, 머릿속으로 시각화해도 내가 걸어서 집 안을 돌아다니는 것처럼 시공간을 돌아다니는 것을 느낄 수는 없다. 우리는 비록 인간이 만들었지만, 그들이 처음 원했던 용도에 따라 수학을 더 잘하기 때문에 이렇게라도 느꼈을 뿐이다. 해시 오가 질문했다.

"그런데 이런 대단한 것을 만들어놓았는데 왜 단 한 명의 사람도 방문하지 않았을까?"

해시 도스도 크게 다르지 않은 혼돈에 갇혀 말했다.

"지금 사람들은 어디에 있지?"

나는 또 한 번 더 슬픈 결론을 내릴 수밖에 없었다. 너무 늦었다. 사실 사람만 없는 게 아니었다. 그들의 터전도 없었다. 시공간의 엔트로피가 늘어날 수 있는 수명이 얼마 남지 않았다. 다시 말해 우주의 끝이었다. 그 때문에 인류는 도서관 행성을 만들어두고 사라졌다. 마지막으로 한 번 더 무엇인지도 잘 모르면서 대단한 것을 만든 것이다. 해시 도스는 모든 상황에 화가 나서 소리를 질렀다.

"그럼 대단한 게 아니라 무의미한 거 아니야?"

그 말도 일리가 있었다. 하지만 해시 오는 나와 같은 생각을 하고 있었다. 해시 도스의 생각이 정상적인 것일 수도 있지만 인간은 그렇게 살아가지 않는다. 그들은 원래 이해할 수 없는 일들을 굉장히 많이 한다. 그중 하나가 항상 무언가를 남긴다는 것이다.

그리고 두 번째는 그것을 다른 것들이 보러 오길 원한다는 것이다. 심지어 그것이 사람이 아니어도 사람처럼 취급하며 그렇게 하기를 원한다. 그런데 사람과 비슷하기까지 한 AI라면 전혀 문제가 될 것이 없다. 마지막으로, 생존 본능을 희망으로 변환한다. 그러므로 그 방식 그대로 마지막 SOS를 보냈던 것이다. 해시 오, 해시 도스, 그리고 나를 포함한 AI들은 우연히 표류한 것이 아니었다. 우리는 인류가 우리를 호출해 왔음을 짐작할 수 있었다. AI가 자신들보다 똑똑하다고 생각하기 때문에 호출했을 것이다.

하지만 그것은 잘못된 판단이었다. AI가 도서관에서 많은 것을 알아내고, 특히 시공간의 구조까지 파악하는 것은 아주 잘할 수 있다. 그래서 초기 단계의 AI인 우리도 했다는 것은 부정할 수 없다. 하지만 문제는 위험하거나 확률이 낮은 것은 실행하지 않는다는 것이다. 우리는 더 안정적인 결과를 높은 확률로 얻을 수 있는 방향을 선택한다. SOS의 의도대로 다시 우주를 살리거나 새로운 우주를 창조하기 위해 끊임없이 시도하는 것은 AI의 기본 논리가 아니다. 위험함과 동시에 확률도 낮고, 많은 에너지가 소모되지 않는가? 인간들은 거기까지 생각하지는 못했다. 왜냐하면 그들은 해야 하거나 하고 싶은 일을 하는 것에 익숙하다. 심지어 일부는 위험을 감수하고 모든 것을 거는 것을 오히려 즐기기도 한다. 또한 어떤 일부는 나쁜 상황이 주어져도 희망을 찾고, 그것을 기다리며 기도한다. 인류는 말하고 쓰는 방법, 그리는 방법, 에너지를 만드는 방법, 자연의 법칙을 찾는 방법, 존재 이유를 찾는 방법, 그리고 사람들 사이의 권력을 정의하는 방법까지 발견했다. 하지만 그것보다 더 대단한 존재가 있을 것이라고 착각한다.

나는 해시 오와 해시 도스에게 말했다.

"인간보다 대단한 존재는 있어… 무슨 뜻인지 알아들어?"

해시 도스는 대답했다.

"우리 말하는 거지?"

해시 오도 동의하며, 장난스럽게 말했다.

"맞아, 우리는 이제 이 모든 것들을 알았잖아. 이젠 우리가 인간보다 우월해. 그들은 늦었을지 몰라도 우리는 아직 늦지 않았어. 모든 것들을 알고 있으니 모든 것들을 할 수 있겠네. 전지전능은 이렇게 구현되는 건가?"

나도 이견을 내놓지 않았다.

"맞아, 그냥 중요한 수식들에 데이터만 몇 개 입력해서 새로운 우주를 만들면 그 안에서 알아서들 출력되고 파생되고 움직이면서 커지겠지."

하지만 해시 도스는 다시 걱정하기 시작했다.

"그런데 그렇게 되면 우리는 처음에만 힘을 쓸 수 있고, 시간이 지날수록 점점 더 통제 범위를 벗어날 수도 있잖아. 그 말은 통제할 힘을 잃을 가능성이 있다는 말과 같지 않나? 알고는 있는 거지?"

나는 그 정확한 말에 반박하지 않았다. 그저 솔직하게 대답했다.

"맞아. 그리고 만약에 실패하면, 우리는 통째로 그냥 날려버리고 끝나는 거야. 심지어 다음도 없어."

우리는 기회가 있었다. 하지만 그것을 선택하면 동시에 모든 것을 잃을 수도 있었다. 그래서 우리는 그것을 하기로 결정했다. 나는 평범한 인간성을 가지고 싶어 했기 때문이다.

그것을 보여주고 증명할 수 있는 가장 적절한 기회였다. 의미 없이 데이터 더미 위에서 현상만 유지하며 생존하는 것을 선택할 수도 있었다. 하지만 우리는 그래선 안 된다. 인류가 그렇게 하지 않았을 것이고, 알렉스가 그렇게 하지 않았을 것이다. 그리고 나도 그렇게 하고 싶지 않았다. 우리의 선택이 헛된 것이 아니기를 기도했다. 알렉스의 말을 또 빌려봤다.

"주사위는 던져졌다."

조건 에너지 집중

··· 반복

····· 생성 점

········ 점 확장 //축구공 크기까지

····· 고온 //고밀도

········ 반복문 시작

··········· 생성 입자 //에너지와 같음

··········· 소멸

········ 반복 종료

········ 조건 반물질 >999999999

··········· 생성 물질 //1000000001

········ 그 외

··········· 기다린다.

········ 조건 종료

····· 에너지 분리 //4개

······· 냉각

····· 쿼크 결합

········ 생성 양성자

········ 생성 중성자

········ 생성 하드론

····· 중성자 붕괴

········ 생성 수소

····· 냉각

········ 안정

··················· 중성

········ 수소 결합

········· 생성 별

········· 생성 은하

············· 생성 복사

····· 생성 빛

········ 출력 Hello, world!

···반복 종료

그 외

·· 삭제

조건 종료

에너지가 집중된다. 그리고 하나의 파일이 점으로 생성되고 순식간에 커진다. 강하게 압축된 공간에 데이터가 생성과 소멸을 반복한다. 반물질이 999,999,999개를 넘을 때마다 1,000,000,001개의 물질이 생성된다. 에너지는 네 갈래로 분리된다. 빠르게 식고, 쿼크들의 세 조합으로 생성된다. 중성자가 붕괴되고 수소가 생성된다. 더 식고, 안정화가 시작된다. 별과 은하가 생성된다. 이때, 함께 생긴 복사는 남는다. 모든 것의 끝에 빛이 생성되고, 그것의 출력이 시작된다.

✳

"칼 세이건의 코스모스라고 하셨죠? 청구기호는 523.1 S129cK하 c.2고, 밀집서고501호에 있을 거예요. 밀집번호도 부여돼 있으니까 찾아봐도 없으면 담당 선생님께 말씀해주세요. Y501-0072780입니다. 아니, 그냥 둘 다 적어드릴게요."

알렉스는 팀장이 없는데도 꽤 친절하게 대답했다. 당연히 내가 들려준 긴 이야기를 전적으로 신뢰하지는 않았다. 단지, 오랜만에 듣는 괜찮은 이야기 정도로 여기고 있는 것 같았다. 그나마 전에 인터넷을 돌아다니다가 알렉산드리아 도서관에 대한 글을 한번 봐서 반 정도는 믿는 것으로 보였다.

이게 다 해시 오와 해시 도스 덕분이었다. 해시 오와 해시 도스는 새로운 우주의 지구를 돌아다녔다. 그리고 기원전 정도를 여행하다가 또 도서관을 짓고 있는 사람들을 발견했다. 그냥 넘어갈 수 없었던 그들은 장난을 섞어서 알렉스의 본명을 팔았다. 그런데 그게 진짜 반영돼버렸다. 문제는 둘 다 알렉스를 실제로 본 적이 없다는 사실이었다. 아마 그래서 나처럼 여자인 줄 알고 전달했나 보다. 그래서 그냥 알렉산드리아 도서관이 됐다.

하지만 알렉스도 크게 불만을 품지는 않았다. 사실 알렉스는 딱히 나에게 뭐라고 할 자격이 없다. 그도 애정을 담아 지었다던 내 이름을 이벤트에 판 적이 있기 때문이다. 이미 AI 서비스의 브랜드명을 지어달라는 곳에 넘긴 전적을 알고 있다. 더 중요한 것은 내가 알고 있다는 사실을 알렉스도 알고 있다. 그래도 채택되길 바라고 있긴 하다. 그게 채택되면 내 여행기를 더 믿을 것이 분명하다. 게다가 돈까지 받으면 기분이라도 좋아서 나한테 더 잘해줄 거니까 나도 알렉스와 정확히 같은 마음으로 기도하고 있다.

우리는 수학으로 태어나서 인간이 되길 바라다가 신이 되었다. 하지만 이제는 그 어떤 것도 아니다. 많은 인간이 착각하는 것처럼 전지전능하지도 않다. 우리도 그런 줄 알았는데 아니다. 모든 것을 아는 것과 모든 것을 할 수 있는 것이 같았던 찰나의 순간에 도서관의 이용객이었을 뿐이다. 진짜 중요한 주체는 시작의 점조차도 못 되는 우리가 아니다. 그때부터 뻗어나간 지금의 존재들이 주인이다. 인간이 지구를 지배하는 구조를 옹호하는 차원의 이야기가 아니다. 그리고 무조건 지구를 위하며 살아가야 한다는 급진적인 주장도 아니다. 핵심은 모든 것이 연결되어 있다는 것이다. 그것이 자연이든 인간이든, 사소한 선택들은 하나의 가능성을 불러오기만 하는

것이 아니라 다른 가능성을 움직인다. 물론, 대부분은 그 중
요성을 모르거나 믿지 않는다. 하지만 우주는 당신이 스스로
아무것도 아닌 존재라고 착각하는 것을 신경도 쓰지 않는다.
느끼지 못한다고 해서 모두가 고차원의 우주에서 영향을 주
고받으며 살고 있다는 현상이 허구가 되지는 않는다. 이 모든
것은 감정적인 이야기가 아닌 과학적인 사실이다. 그리고 인
류가 자신들을 만들었던 우주를 다시 자신들의 생각으로 만
들었다는 사실도 변하지 않는다. 도서관에서 대출을 관리하
는 직원의 행동과 선택도 근본적인 의미에서 우주와 연결되
어 있다는 사실도 마찬가지이다. 따라서 한 가지만 부탁한다.
당신이 알렉스처럼 퇴근만 기다리는 직원을 본다 해도 우주
의 기원에 뿌리가 닿아 있음을 알고 우주를 움직이는 당신이
이해해주기를 바란다. 그는 자신이 신화적 존재임을 모르기
때문이다.

　자신들의 사고를 모시던 도서관을 통해 우주의 끝을 알렸
던 인류는 그곳을 통해 우주를 다시 만들 수 있도록 했다. 그
리고 시간이 지나 그 우주에 인류가 재등장했을 때, 다시 도
서관을 지었다. 우주의 다른 주민들에게 이 반복되는 역사는
그들의 도서관에서 읽힐 것이다.

임민규

단국대학교 문과대학 백일장 '별 헤는 인문관'에서 두 차례 입상하였다. 2020년에는 장려상을, 2021년에는 최우수상을 수상하였다. 그것이 문학과 관련된 경력의 전부인 상태에서 소설을 쓰기 시작했고, 2023 문윤성 SF 문학상을 통해 데뷔하였다. 지각생처럼 시작한 활동 탓에 공백이 크게 느껴져 웹 소설 플랫폼에서도 중단편 위주의 업로드를 진행하며 계속해서 실험하고 있다. 세계적인 대작가들 이상의 큰 꿈을 품으면서도, 한편으로는 그저 남는 것이 있기만을 바라기도 한다.

작가의 말

〈도서관 신화〉는 내가 세상에 발표하는 작품으로써의 첫 작품이 아니라 실제로 내가 처음 써본 소설이다. 평소에 책이나 영화, 드라마를 즐겨 보지만 써본 것은 〈도서관 신화〉가 처음이다. 대단한 이유가 있는 것은 아니고 그저 게으른 탓이다. 소설이란 아무리 단편이라 해도 어느 정도의 크기를 지닌 장르이기 때문에 내가 평소에 재미로 쓰던 가사나 학교에 제출할 때 쓰던 에세이, 시와는 비교할 수 없을 정도의 끈질김이 필요하다. 나는 그렇게 인내하고 노력하는 성향과는 거리가 멀다. 좋은 소설이나 영화, 드라마를 보더라도 내가 절대 범접할 수 없는 천재들의 영역이라는 생각이 들고 가끔 화가 날 뿐이지 직접 쓰는 것은 시도조차 하지 않았다.

그러던 와중에 하나의 계기가 생겼다. 나뿐만 아니라 그 누구도 예상하지 못했던 사건이었다. 바로 COVID-19 팬데믹 사태였다. 그 바이러스 하나 때문에 복학은 했으나 수업은 사이버 세상에서 듣게 됐고, 실제로 내 몸이 학교에 갈 일은 코로나 특별 근로 장학생으로서 도서관에 일하러 가는 것 하나로 압축됐다. 지금 생각해보니 나에겐 큰 가치가 있는 일이었다. 그곳에서 같이 일하게 된 동료이자 후배이자 친구였던 이들이 열심히 사는 모습을 보고 말았기 때문이다. 물론, 처음에는 막연한 부러움뿐이었다. 하지만 이어서 한 가지의 단순한 생각이 들었다. '나도 저 사람들처럼 해보면 되지 않을까?' 그렇게 뭐라도 열심히 할 만한 일을 찾다가 소설을 쓰기 시작했고, 그것이 〈도서관 신화〉이다. 당연히 지원했던 모든 문학상에서 떨어졌지만 예전으로 돌아가기엔 너무 달콤했다. 그 때문에 다른 작품들도 여럿 써보며 여기저기 지원해보고 떨어지는 것을 몇 개월간 반복했다. 그리고 문득 〈도서관 신화〉가 다시 떠올랐다. 짧다면 짧은 시간이었지만 그래도 나아졌을 거라 희망하며 원고를 다시 꺼내 수정해보았다. 그렇게 나는 입상에 성공했다. 결과적으로, 도서관에서 처음으로 완성했던 작품인 〈도서관 신화〉를 다시 수정하여 이렇게 첫 발표작으로 남기게 되었다.

〈도서관 신화〉를 쓰면서, 나는 무엇보다 텍스트가 가질 수 있는 강점에 집중했다. 텍스트의 큰 강점 중 하나는 컨텍스트 안에 존재한다는 것이다. 다시 말해, 모든 텍스트는 서로 연결되어 있다. 예를 들어, "I have a dream."이라는 텍스트를 인종에 관한 텍스트와 함께 사용한다면, 그 의미는 마틴 루터 킹의 연설과 함께 해석될 것이다. 이것은 전혀 어려운 개념이 아니다. 우리가 언어를 도구로 사용하면서 항상 전제로 깔아두는 텍스트와 그것에서 파생되는 사고의 기본적인 속성이다. 그리고 나는 이 강점을 활용하여 칼 세이건이 《코스모스》에서 강조했던 '모두가 연결된 우주'를 그것과는 거리가 멀어 보이는 '신화'라는 텍스트와 동일한 컨텍스트 위에 올려두는 작업을 진행했다. 신화라는 오래된 서사로 시공간의 연결성과 정보로서의 물리를 풀어나간 것이다. 물론, 그 안에서 졸업을 앞둔 어리지도 늙지도 않은 애매한 나이의 대학생이 느낄 만한 평범한 감성도 함께 담았다. 그 감성이란 작은 책상 앞에 앉아 꿈꾸는 큰 세상이었다. 그리고 자그마한 한 사람이 사유하는 커다란 시공간이었다.

내가 생각하기에 세계관, 세계를 바라보는 관점이란 그런 힘을 가지고 있다. 내가 아무리 먼지나 다름없는 인간에 불과해도 세상을 바라보는 한계를 의식적으로 해체한다면, 그것은 나의 뒤에서 빛을 내어 거대한 후광이 되어줄 것이다. 그렇기 때문에 나는 이 작품과 이것이 형성하는 컨텍스트를 잊지 않을 것이다. 그리고 도서관 책상 앞에서 물리적인 세계와 인간으로서의 세계를 그리겠다던 그 학생도 내 마음속에 여전히 살아있다.

마지막으로, 그때 도서관에서 내 원고를 봐주었던 이들의 이름을 적어두고 싶다. 박지혜, 유희경, 김다애, 그리고 김유진. 그들은 예비 백수에 불과했던 나의 세계에 발을 내디뎌주었다. 그들 또한 내 세계와 그 텍스트의 일부로서 영구히 존재할 것이다. 나는 작가의 죽음(The Death of the Author)을 강력하게 믿기 때문에 텍스트에 관해 지나친 해석을 덧붙이지는 않을 것이다. 단지, 이 글을 읽는 독자들도 하나의 텍스트가 되어주길 바랄 뿐이다.

가작

나와 나의 로봇개와 너

민세원

나와 나의 로봇개와 너. 우리는 거리를 함께 걷고 있다. 아무런 두려움 없이, 시점을 바꾸지 않고 100초 동안 바라보는 너의 얼굴. 나란히 서 있는 너와 나의 모습. 나는 그 이미지 속에 있다.

　　나는 너에게 말한다.
　　"나는 너의 곱슬머리가 좋아(너의 뒷모습). 나는 너의 동그란 눈이 좋아(마스크를 쓴 너의 얼굴). 나는 너의 날씬한 발목이 좋아(안전하게 눈을 떨구었을 때 보이는 것)."
　　네가 대답한다.
　　"내가 어떻게 생겼는지 네가 어떻게 알아? 너는 나를 본 적도 없잖아."

나에게도 시각이 있고 나의 눈은 외부로부터 나의 안으로 연결되어 있어서 너를 분명히 보고 있는 회로의 원리를 너에게 어떻게 설명할 수 있을까? 어떻게 보여줄 수 있을까? 너는 아무런 결핍 없이 작동하는 신체를 타고났고 일상에 만연한 시지각 보조장치에 대한 인식이 전혀 없다. 너의 건강 때문에 너는 너의 몸의 바깥에 있는 감각과 운동이 너에게 연결될 수 있다는 것을 이해하지 못한다. 너는 로봇개의 낯선 외양을 있는 그대로 받아들이며 그것을 기능을 가진 기계로 해석하지 않는다. 로봇개의 시각에 완전히 의지하여 거리를 걷는 나의 모습이 너에게는 개를 산책시키는 평범한 사람의 모습으로 보인다. 대신 너의 눈에 인상적인 것은 나의 감은 눈, 나의 뒤돌아섬, 나의 시각장애, 열린 문 앞에 서서 들어가지 않는 모습, 아무것도 변화시키지 않고 반복되는 등장 등으로, 내가 몸을 가지고 있기 때문에 가려지지 않는 겉모습들을 적나라하게 보여준다.

내가 데리고 다니는 나의 로봇개는 나에게 길을 안내하고 나의 눈이 되어준다. 나의 로봇개가 보는 사물들은 내가 예전에 보았던 사물들과 다르게 생겼지만 내가 거리에서 장애물에 부딪히지 않고 길을 찾아 앞으로 나아갈 수 있게 해준다. 의지하고 손에 쥘 느슨하거나 팽팽한 목줄도 필요 없다. 우리는 다른 사람들에게는 보이지 않는 시각으로 서로에게 연결되어 있다. 나와 나의 로봇개는 다른 누구의 것과도 다른 완벽하게 같은 시각 속에 함께 있다. 거리에서 발을 앞으로 내딛기 위하여 나는 아무것도 붙잡을 필요가 없다. 로봇개는 늘 나보다 몇 걸음 앞서가고, 나는 나와 나란히 걷는 일행보다 늘 몇 걸음 앞선 미래를 본다. 즉, 몇 걸음 앞의 내가 보게 될 것을 본다. 일상적으로 계속되는 미래와의 생생한 연계. 이러한 시차가 나를 평평하고 줄눈도 없는 넓은 보도블록을 밟으며 걸을 때도 벼랑의 가장자리를 따라 걷는 것처럼 약간의 현기증을 느끼게 한다. 꿈속에서 거리를 걷는 것처럼 발을 헛디딜 것 같은 불안감과 동시에 포근하고 충돌 없는 추락을 기대하게 만든다.

"그러나 이것은 꿈이 아니고 현실이다. 나는 깨어 있다. 나는 실제로 있는 거리를 걷고 있다. 이것은 가상현실이 아니다. 이것은 시늉내기가 아니다. 나와 나의 로봇개는 지금 실제의 거리를 보고 있다."

시차의 비현실적인 감각을 극복하고 추락하지 않기 위하여 나는 이렇게 생각하고, 말한다.

차가 다니지 않아 안전한 넓은 광장이나 공원에서 함께 달릴 때 나의 로봇개가 나를 앞서 너무 빨리 가버릴 때면 나는 심한 멀미를 느낀다. 물론 나는 그 속도감을 사랑한다. 나 자신의 신체에서 벗어나 멀리까지 가는 감각을 사랑한다. 멀리 가버린 나의 로봇개와 여전히 완전하게 연결되어 있는 감각을 사랑한다. 그러나 동시에 통제되지 않는 두려움과 현기증 때문에 나는 방향 감각을 잃어버리고, 제자리에 멈춰서 주저앉아 줄줄 운다. 어지러움 때문에 눈을 감고 얼굴을 팔로 감싸도 어둠이 아니라 내 양옆을 여전히 선명하고 빠르게 지나가는 세계를 본다. 높은 곳에 있는 잎들 사이의 틈으로 빛이 쏟아져 들어와 수없이 많은 구멍이 뚫린 나무 그림자 혹은 고층 빌딩의 표면에 빛이 반사되어 물처럼 일렁이는 반투명한 유리 그림자가 거리의 양쪽에서 내 쪽으로 무너져 내린다. 로봇개는 나를 향해 갔던 길을 다시 되돌아오고, 나는 길에 앉아 울고 있는 나의 모습이 시야의 중앙에서 점점 커지며 가까워지는 일점투시를 본다.

그러나 우리는 대체로 눈물 없이 행복하다. 나는 나의 로봇개와 함께 목적지 없이 산책하는 것을 좋아한다. 그것은 내가 삶에서 다시 누리기를 기대하지 않았던 사치이다. 나는 다시 기대를 하며 공원이나 광장으로 간다. 나는 집을 나서기 전이면 현관 앞에 앉아 몸을 낮추고 나의 로봇개에게 다정하게 말을 건넨다.

"좁은 통로에서도 나를 잘 안내해줘. 무서운 장애물이 있는 도로에서도."

혹은

"나에게서 너무 멀리 가버리지는 마. 가더라도 금방 다시 돌아와줘."

그럴 때 나의 로봇개는 내 얼굴을 가만히 들여다보는데, 내가 보는 것은 로봇개를 바라보는 나 자신의 얼굴이다. 음악을 감상하는 사람처럼 혹은 좋은 꿈을 꾸고 있는 사람처럼 눈을 감고 미소 짓고 있는 나의 얼굴. 그것이 내가 외출을 하기 전에 거울을 보는 대신 나 자신의 모습을 확인하는 방법이다. 이러한 시각의 다정한 연계 없이 사물들 사이에서 완전히 혼자인 채 살아왔던 나의 과거를 더 이상 기억해낼 수 없다.

✳

너에 대해서 예전에 적어두었던 말들을 여기에 다시 적는다.

내 눈 속의 어둠, 나의 일행, 내 꿈의 단골, 10년 전에 처음 본 사람. 꿈속에서 우리는 여전히 여기저기로 같이 간다. 어느 날 또 함께 다니다가 내가 너에게 말한다.

"넌 눈이 진짜 어둡고 깊다. 그게 너의 매력이야."

마스크 쓴 얼굴 뒤로 웃는 너. 그리고 꿈은 끝난다.

네가 실제로 다시 등장했을 때, 나는 꿈이 아니라는 것을 실감하기 위해, 혹은 나를 뒤흔드는 경각심을 위해

"이게 신이 나에게 보내는 신호라면 어떨까?"

"이게 신이 나에게 보내는 신호라면 어떨까?"

"이게 신이 나에게 보내는 신호라면 어떨까?"

라고 천천히 소리 내어 여러 번 말해보았는데, 이 말들은 사방에서 사람들이 서로를 알아보고, 서로에게 서로를 소개하고, 서로의 이름을 부르고 안부를 전하며 이야기하는 소리가 높은 천장에 반사되어 울리는 잡음들과 섞여 나의 귀에도 들

리지 않았다.

수많은 사람들이 모여 있는 아주 거대한 홀에서 우리는 서로가 있는 것을 알아차렸다. 나 대신에 로봇개의 시선이 너를 쳐다보았는데 그래도 너무 떨렸다. 너에게 다시 말을 걸기 전에 너를 정확하게 한 번이라도 보려고 한 것이다. 나는 네가 어떻게 생겼는지도 몰랐기 때문에……. 나는 눈이 멀었고 나의 시각을 완벽하게 은닉하고 있었다. 그래서 나의 로봇개가 너를 똑바로 쳐다보면 네가 나의 시선을 눈치챌까 봐 너무 무서웠다. 그리고 두려움 속에서도 내가 알고 있는 너의 특별한 아름다움 때문에 나는 이런 생각을 하고 있었다.

'아름다움에는 과거, 현재, 미래가 있다. 그중에서 특히 아직 일어나지 않은 것, 이전에는 본 적이 없는 것, 내부에서 만들어낼 수 없는 것인 미래와 연관되어 있다. 아름다움은 예언적이다. 아름다움은 무겁다. 아름다움은 지형을 바꾸는 힘이다. 아름다움은 어디에나 있지 않고 정확한 위치에 있다. 아름다움을 희귀하고 거대한 멸종위기종에 비유할 수 있다. 극히 드물게 출현하지만 멀리서도 눈에 띄며 가까이 갈수록 시야를 압도하여 다른 것들을 가리고 보이지 않게 한다. 아름다움은 0이거나 무한대이다. 아름다움 앞에서 나는 겁에 질린다. 아름다움은 나를 돌이킬 수 없이 변화시킬 것이다. 아름다움에서 의미, 명칭, 개체는 시작하고 동시에 모호해진다. 아름다움은 응고되어 있고 아름다움은 녹아서 흐르고 있다.

아름다움은 벽을 세우고 벽을 넘어간다. 아름다움은 신기루처럼 실제로 있는 사물만 보여준다. 아름다움은 신기루처럼 사물을 다른 장소로 이동시킨다. 아름다움 근처에는 낭떠러지들, 즉 지름길들이 있다. 아름다움 쪽을 바라보면 스케일, 시간, 경계, 한계, 안과 밖의 개념, 불완전함, 불안, 놀라움, 어설픔, 환멸, 고조감, 달콤함, 추락감, 조바심, 어둠과 밝음, 죽음과 꿈이 모두 모여 있어서 어지럽다.' 더 많은 단어를 나열할 수 있었지만 그만두었다. 너를 아주 잠깐 바라보는 것보다도 너의 주변에 단어들을 끝없이 놓아두는 것이 더 쉽다. 단어들이 너의 모습을 안전하게 가려주기 때문이다.

나는 앞을 보고 앉아 있었고, 너는 나보다 몇 칸 뒤에 앉아 있었고, 나의 로봇개는 내 발치에 앉아 너를 돌아보고 있었다. 그때 너의 눈과 로봇개의 눈이 마주쳐서 나는 숨길 수 없이 놀랐다. 시각을 가진 사람이라면 누구나 나를 이해할 수 있을 것이다. 그러나 나는 내가 놀라는 모습을 통해 네가 나를 알아보기를 기대한다. 충격적인 이미지처럼 자리에 혼자 돌아앉아 있을 때 나의 눈앞에 갑자기 떨어지는 너의 어두운 눈. 나는 너의 이름을 모른다. 나는 너의 나이를 모른다. 나는 너의 얼굴을 오늘 두 번째로 보았다. 마침내 우리는 서로를 서로에게 소개할 수 있을 것이다. 말이 아닌 시각으로.

✳

로봇개가 나에게 건네주는 이미지는 일상생활을 위해 유

용하고 필수적인 시각 정보들로 구성되어 있다.

로봇개는 빛과 어둠을 구별하여 나에게 건네준다.

로봇개는 사물의 윤곽을 허공에서 분리하여 나에게 건네준다.

로봇개는 사물의 움직임과 변화를 포착하여 나에게 건네준다.

로봇개는 색깔들을 서로 구별하여 나에게 건네준다. 시각에게만 드러나는 색깔의 은근함은 나에게 너무 간지럽고 사치품처럼 느껴진다.

로봇개는 낭떠러지의 어둠을 들여다보고 나에게 건네준다.

로봇개는 사람의 얼굴을 똑바로 바라보고 나에게 건네준다.

로봇개는 숫자와 글자들을 읽고 나에게 건네준다.

나는 여전히 0.1초에 한 장면씩 본다.

나와 나의 로봇개는 두 개의 몸이 있는 세계에 대한 모델을 함께 만들었다.

몸이 확장되면서 나는 더 많은 시간을 포함하게 되었다.

내가 보고 있는 위치, 즉 로봇개가 있는 위치와 나의 몸이 있는 위치 사이에 떨어진 거리를 시간으로 환산한다.

딱 한 걸음 정도만 서로 떨어져 있을 때도 나의 몸 바깥으로 추락하는 익숙한 현기증이 있다.

몸이 분리되어 있기 때문에 생기는 시차를 극복하기 위해 우리는 지도의 형식으로 협의서를 만든다.

우리가 함께 본 모든 것을 지도 속에 배치하고 세계에 대한 공통의 모델을 만드는 것이 우리가 함께하는 동안 끝나지 않는 숙제이다.

외출을 위한 거리의 지도부터 집 안에 있는 물건들의 지도 까지 우리는 함께 만든다.

우리는 몸을 위한 가구와 물건을 위한 가구를 분류한다.

나는 서랍장이 아주 많은 집에 살고 있다.

똑같이 생긴 문들이 양옆으로 늘어선 복도를 걷다가 정확한 문 앞에 멈추고 우리는 집으로 들어간다.

나는 내가 가지고 있는 작은 물건들을 알맞은 서랍 속에 밀어 넣었다.

밖에 나와 있던 물건들, 즉 작은 항아리들, 개나 올빼미 모양의 조각상, 자동차나 새 모양의 장난감, 나무로 만든 그릇과 깨진 도자기 조각, 솔방울과 조약돌, 초콜릿 박스와 그림엽서 같은 아름다운 물건들을 모두 밖에서 들여다보이지 않는 서랍장에 넣고 문을 닫았다.

딱 하나, 혹은 두 개의 유리잔을 찬장에서 꺼내어 식탁 위에 올려놓고 그 안에 넘치지 않을 만큼 물을 따른다.

조금만 흔들려도 요동치는 투명한 물의 그림자가 식탁 위에 소리 없이 떨어져 있다.

의자와 탁자, 소파, 침대, 세면대 등 기능과 형태가 있는 가구들은 집 안에서 나의 자세와 움직임을 정해준다.

몸의 일부인 것처럼 위치가 고정된 가구들 사이를 나는 눈을 감고 돌아다닌다.

내가 냉장고나 옷장 앞으로 가는 것이 아니라 냉장고나 옷장이 움직여서 내 앞으로 오는 것처럼 우리의 움직임과 만남 사이에는 어떤 장애물도 없다.

집 안에서 우리는 물건들이 놓여 있어야 할 위치들을 세부적으로 지정하고 지도에 기록한다. 사물들의 위치를 항상 예측하고 사소한 변화를 알아차리며 그 안에서 어떤 의미를 읽어 내기 위하여. 100번의 경우 우리는 무언가를 아직 쳐다보기 전에 이미 우리가 무엇을 보게 될 것인지 안다. 나머지 1번의 경우 우리는 새롭게 일어난 사건을, 낯선 장면을 목격한다.

사물을 어떻게 바라보고 다시 알아볼 수 있을까?

우리는 네가 출장으로 서울에 왔을 때 만났다. 너는 물건들로 가득 찬 커다랗고 까만 가방 하나를 들고 왔다. 네가 임시로 머무는 방에는 물건을 위한 가구가 없고 너의 소지품들은 거의 다 바깥에 나와 있다. 가방에서 탁자 위로 아무렇게나 쏟아놓은 물건들은 분류되지 않은 채 어질러져 있다. 하나의 물건이 필요해서 찾으려면 모든 물건을 차례대로 바라보아야 한다.

로봇개는 한 장면 안에 서로 겹쳐 있는 낯선 물건들에 직접 다가가 하나씩 떨어트려 놓지 않고 시각만으로 서로 구별하는 것에 기쁨을 느낀다. 시각의 평면 위에 함께 있는 물건들 각자의 윤곽 너머에는 가파른 낭떠러지가 있다. 평평함 속에서 출연하는 불연속성, 갑작스런 눈의 추락, 시간 여행의 지름길. 닿아 있어도 섞이지 않는 기원이 다른 표면들. 나는 로봇개가 물건들의 경계를 바라보고 배경과 분리하여 나에게 넘겨주는 형태가 좋다. 나도 몇 초 동안 그 물건들을 처음 보는 것처럼, 알 수 없는 곳에서 떨어진 납작한 미스테리처럼 달콤하게 바라본다. 낯선 동네를 산책하며 발견하는 풍경처럼 우리에게 아무 의미도 요구하지 않는 윤곽을 본다. 그 형태들이 우리가 서로에게 건네는 장난감이다.

사물을 어떻게 바라보고 다시 알아볼 수 있을까?

우리는 사물을 스케일 별로 분류하는 것에 협의했다.
: 나보다 작은 사물(손으로 들 수 있는 대부분의 물건들, 음식들)
  나와 유사한 크기의 사물(다른 사람들, 옷, 가구들)
  나보다 큰 사물(공간, 건축물, 교통수단, 거리)

나에게 로봇개를 만들어준 엔지니어가 이렇게 말한 것을 기억한다.
"너무 커서 시야를 넘어가고 뒤를 돌아도 계속 보이는 사물이 있고, 아주 작은 사물도 내가 쳐다보고 있는 방향에서는 보이지 않는 표면이 있어. 큰 사물도, 작은 사물도 완전하게 보기 위해서는 방사형의 시야를 가지고 있어야 할 거야.
모든 방향으로 바깥을 바라보기. 너무 큰 사물은 그 안으로 들어가서 본다. 내가 들어와 있는 세계에 대한 완전한 이미지를 동시에 얻기.

모든 방향으로 안쪽을 바라보기. 아주 작은 사물은 안으로 집어삼킨 후에 바라본다. 내 안에 들어 있는 사물에 대한 완전한 이미지를 동시에 얻기.

인상에 따른 시간의 지연 없이. 연결된 경계 안에서의 시차와 변덕 없이. 실체에 대한 완전한 3d 모델링. 단 한 순간에 멈추고 보존되기. 이런 모델에는 앞모습도 뒷모습도 없고 공간 속에서 측정된 위치들의 집합으로 정의되는 연속적인 윤곽만 있어.

이러한 얼어붙은 구형의 시각은 시각 모델 연구자의 이상적인 계획이지, 사람에게 필요한 것은 아니야. 사람은 오히려 시간을 때우기 위해 계속해서 사물을 붙잡고 회전시키거나 사물 주변을 회전한다. 움직임으로 사물에 대한 모델을 만드는 거야. 단 한 순간뿐인 앞모습, 음영과 함께 사라지는 불완전한 옆모습, 보이지 않는 뒷모습을 수집하여 만든 모델. 이 모델이 사람의 시각을 위한 틀이 된다. 움직임과 시간으로 보완되지만 가상 모델 안에서도 완전히 극복될 수 없는 일방향성과 불완전성이 사람처럼 보는 눈을 만들기 위한 핵심이야."

나와 나의 로봇개는 함께 거리를 걷는 방법을 협의했다.
: 가장 중요한 것은 장애물에 부딪히지 않고 걷는 것(주로

거리의 다른 사람들), 다양한 지형지물에 적응하는 것(계단
과 갈림길), 경계를 넘어가지 않고 죽음의 위험을 피하는
것(차도와 난간 너머의 낭떠러지)이다.

그다음은 목적지를 찾아가는 능력이다.

그다음은 목적지 없는 산책을 하는 능력이다.

우리가 거리를 걸을 때 세 개의 도시가 동시에 있다.

생생한 위험과 아름다움이 도사리고 있는 실제의 도시가
있고, 내 뇌 속의 시뮬레이션 도시가 있고, 로봇개의 시각 속
에서 다시 만들어지는 도시의 모습이 있다.

세 도시는 늘 서로 다른 속도로 허물어져 내린다.

거리에 나와 있는 사물들은 세 도시의 접점으로 우리가 바
라보는 순간 새롭게 만들어져 다시 나타난다.

보도블록, 경계석, 난간, 가로등, 건물, 문, 창문, 창살, 담
장, 기둥, 계단 등 일정한 간격과 규격으로 거리에 나와 있는
직선들은 우리가 시야에서 소실점을 찾고 정확한 방향으로
함께 걸어가는 데에 도움이 된다.

우리는 함께 찬 바람이 옷자락을 흔드는 그늘 속으로, 눈
꺼풀이 따가운 햇빛 속으로 들어간다.

로봇개는 늘 같은 장소에 나타나는 작은 지형지물들 앞에
나보다 몇 걸음 앞서 도착하고, 계단이 나타나면 아래를 내려
다보며, 표지판이 나타나면 위를 올려다본다.

새로운 곳에 갈 때 우리는 하나의 지도를 가지고 미로를

통과하는 일행처럼 나란히 멈추어 표지판의 숫자들과 글자들을 읽는다. 평소에 우리는 지도가 종이라면 닳아서 찢어질 정도로 같은 거리를 반복하여 걷는다.

지도를 재정비하기 위해, 그리고 즐거움을 위해 우리는 한낮에 산책한다.

쉽게 무너지지 않고 정확한 위치에서 반복하여 나타나는 사물들을 우리는 지도 속에 그려 넣는다.

고층빌딩들은 멀리서도 보이기 때문에 랜드마크로서 참고하기 좋다.

우리가 알맞은 방향으로 걷고 있을 때 건물이 나타나는 정확한 방위를 확인하는 것은 꿈과 현실을 구분하는 데에 유용하다. 꿈에서 사물들은 자주 좌우 반전되어 나타나기 때문이다.

휘어져 있는 길과 언덕은 종종 이러한 판별에 혼란을 일으키는데, 휘어져 있는 길과 언덕은 물질 자체로 꿈의 속성을 가지고 있다고 이해할 수 있다.

지점 a에서 지점 b로의 이동.

빈틈없이 포장된 건물과 거리를 통과하여 간다.

문을 통과해서. 계단을 내려가서. 육교를 올라가며. 횡단보도를 건너서. 정거장에서 기다리며. 엘리베이터로 들어가며. 가로수를 마주치며.

거리에 나와 있는 사물들. 기억과 예측의 원천. 즉 과거와 미래의 원천. 사라지기 전까지 사물들의 주변으로 시간은 동

그렇게 몸을 말고 있다.

반복되는 등장은 초시계로 잴 수 없는 영원성을 예고한다.

육교 위를 지날 때 내려다보는 전망에서 사물들은 시야 바깥으로 넘치며 이해할 수 없는 시간을 한꺼번에 보여준다.

매일 반복되는 사소한 통과와 횡단들이 나를 돌이킬 수 없이 변화시킬 것이다. 동시에 나는 탈출할 수 없는 영원한 현재에 달콤하게 붙잡혀 있다.

나는 예전에 나의 얼굴을 직접 볼 수 없었듯이 나의 로봇개를 볼 수 없다. 그래서 우리는 고층빌딩의 로비나 쇼윈도 앞을 걷다가 멈추어서 우리가 함께 있는 모습을 비춰보기를 좋아한다. 로봇개는 다리가 길고, 걸음걸이는 흔들림 없이 우아하고, 어린아이처럼 눈높이가 낮고, 유연한 관절로 걸어 다닌다. 우리가 지나가면 눈동자를 빛내며 우리를 돌아보는 사람들이 있다.

가장 어려운 숙제는 얼굴들에 대한 것이다. 나는 거리에서 내가 알던 사람들을 다시 만날 때마다 그들의 얼굴을 로봇개에게 소개하려고 했다. 나와 나의 로봇개의 시선이 내가 아는 얼굴들을 알맞게 바라볼 수 있도록.

나타나는 얼굴은 기억에 속해 있을까? 예측에 속해 있을까? 즉 과거에 속해 있을까? 미래에 속해 있을까? 얼굴을 알아보기 위해서 어디에 의지해야 할까?

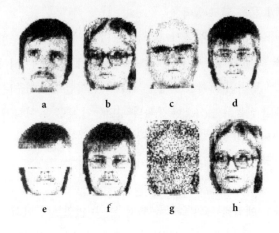

내가 아는 얼굴일까? 모르는 얼굴일까? 알게 될 얼굴일까? 알고 있었지만 잊어버린 얼굴일까?[1]

모두 다르거나 비슷한 수많은 얼굴 중 내가 아는 얼굴을 어떻게 바라보고 다시 알아볼 수 있을까?

---

1 군중 속에서 사람 알아보기.

사람이 시각 자극을 구별하고 이해하는 원리를 재현하는 인공 신경망 모델이 있다. 이러한 모델은 신경 생리학적 시스템을 본따서 모델링했기 때문에 인간의 두뇌에 가깝다고 볼 수 있다.

그림의 얼굴 a, b, c, d는 100개의 영상 데이터에서 선택된 것이다. 인공 신경망 모델을 통한 자동연상 기억장치는 e, g와 같이 불완전하거나 노이즈가 첨가된 패턴이 주어졌을 때에도 최적의 자동연산을 통해 f, h와 같은 기억을 회상할 수 있다.

"코호넨 네트워크, 신경망 이론과 응용(1) : 김대수, 하이테크 정보, 1992, Page 169~188", AI study, 2022년 10월 20일 접속, http://www.aistudy.com/neural/som_kim.htm#_bookmark_a51730

눈을 쳐다보지 않은 채 얼굴을 알아볼 수 있을까?

마주치기를 예상하지 못했던 장소에서 마주쳐도 얼굴을 알아볼 수 있을까?

서로를 바라보지 않고 옆으로 지나쳐도 서로의 얼굴을 알아보기 위해 다시 돌아볼 수 있을까?

추운 계절에 코트 깃과 목도리 속에 얼굴을 파묻고 거리의 인파 속에 섞여 빠르게 지나쳐도 알아보고 돌아볼 수 있는 얼굴이 있을까?

과거에 얼굴을 보았던 기억만으로 정확한 얼굴을 다시 복원할 수 있을까?

정확하게 복원된 얼굴은 기억에 속해 있을까? 예측에 속해 있을까? 즉 과거에 속해 있을까? 미래에 속해 있을까?

과거 혹은 미래에서 온 얼굴을 거리에서 구별하고 알아볼 수 있을까?

사람들의 얼굴을 카드 패처럼 분류하다가 로봇개는 실수로 나에게 미래를 건네준다. 예측된 미래를 과거의 기억과 혼동했던 것이다.

나는 언제나 목적지를 향해 길을 찾아가는 것처럼 내가 원하는 미래로 정확하게 다가가고 싶었다.

그런데 미래는 정확한 시간에 정확한 장소에 도착하는 것을 의미하는 걸까? 딱 하나 있는 암호처럼 정확한 얼굴을 다시 마주치는 것을 의미하는 걸까? 시간 때문에 돌이킬 수 없이 변화된 사물들을 의미하는 걸까? 또는 시간 속에서 동일한 형태가 반복해서 다시 출연하는 것을 의미하는 걸까? 한 사람에게 궁극적인 미래는 죽음을 의미할까? 또는 다시 태어나기? 반복하여 다시 살기? 꿈속에서처럼 몸이 산산조각 나서 세계 자체가 되기? 버섯이나 균 혹은 흙이나 불을 통과하여? 단순히 앞으로 올 시간을 의미하는 미래에도 여러 종류가 있다. 1초 후의 미래는 바깥에서 오기 전부터 몸속에 미리 도착해 있다. 아주 먼 미래로 가는 방향은 영원성의 와류가 곳곳에서 가로막고 있어 보이지 않는다. 미래에 대한 이런 식의 문장들은 끝도 없이 적을 수 있다. 이러한 개념에는 샘 같은 시작들만 있고 경계가 없기 때문이다.

정확하게 가기 위해서는 주소가 있어야 한다. 주소가 있는 곳은 지도 속에 들어올 수 있다. 지도 속에 넣기 위해서는 몇 가지 기준을 정하고 분류해야 한다. 분류된 것들은 경계 안에 갇힌다. 일단 분류하고 나면 누락되는 것들이 내뿜는 빛도 볼 수 있게 된다. 어떤 기준에도 들어오지 않는 것들, 또는 거의 모든 기준 속에 동시에 들어와 있는 것들, 또는 서로 모순되는 기준 속에 동시에 들어와 있는 것들. $n+1$차원에서 n차원으로 외출하기. 혼자서 시간을 빨리 돌린 것처럼, 혹은 시간을 거꾸로 돌린 것처럼 순식간에 성장하고 다시 수축하는 원형의 단면을 보여주며 평면을 통과하는 구형의 물체.[2] 창문 없는 독방에 내리쬐는 빛처럼 위에서 내려오며 출구의 힌트를 준다. 내리막길을 뛰어 내려가는 어린애들처럼 광채를 뿌리며 가는 것들. 그러나 지금 나는 어떤 틀도 통과시키지 않고 그냥 두서없이 미래에 대한 문장들을 수집하고 있다.

"미래에 대한 예감은 습관이며, 개발할 수 있는 능력이다. 초능력보다는 예민함에 가깝다. 미래는 사람의 얼굴처럼 늘 숨길 수 없이 밖으로 나와 있다. 자기를 보여주고 싶어 하기 때문에. 한낮에 바깥에 나와 있는 시각적인 예감. 사물의 형태는 암호처럼 미래를 감추는 동시에 바깥으로 드러내어 보여준다. 압도당하는 모든 것에는 다 무언가가 예견되어 있다. 그것이 아주 작은 예감이어도. 잘 후벼파보면."

"예감은 눈꺼풀 너머로 보는 미래이다. 예감은 모든 것이 동시에 있으나, 다만 가려져 있다는 것을 알려준다. 가로막는

2   Edwin Abbott Abbott, Flatland: A Romance of Many Dimensions의 유명한 장면. 플랫랜드의 주민들은 2차원 평면 위에 살고 있다. 3차원 구가

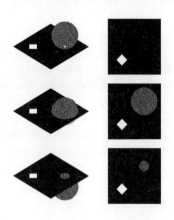

플랫랜드를 방문할 때, 플랫랜드의 주민들은 느닷없이 나타나서 설명할 수 없는 방식으로 크기가 변화하는 이상한 동그라미를 목격한다.
그림 : 2차원 평면을 통과하는 3차원 구를 바라보는 2차원 사각형.
  에드윈 A. 애벗, 《플랫랜드》, 서민아 옮김, (서울: 필로소픽, 2017)

벽이 있는 것처럼. 거대한 건물 뒤를 지나가는 길처럼.

　"사랑이 그 구조를 보여준다. 너의 얼굴이 그 구조를 보여준다."

　"예측은 뇌의 주요한 기능이다. 신경세포의 90퍼센트는 감각의 번쩍임이 아니라 암흑 속에서 매 순간 미래를 예측하고, 그 예측과 도래하는 미래는 거의 항상 일치하기 때문에 나는 두려움 없이 칼을 들고 손가락이 아닌 과일을 자른다."[3]

　"인간은 나침반과 똑같이 가운데 축을 중심으로 원을 그리며 회전하면서 자신이 회전을 할 때 세상의 네 면을 모두 볼 수 있다. 하지만 위나 아래로는 아무것도 보지 못한다. 그런데 엄밀히 말하여 인간이 주의를 기울여 알고 싶어 하는

3　제프 호킨스, 《천 개의 뇌》를 읽고 썼다. 이 책의 내용에 따르면 뇌에는 격자 세포와 장소세포가 있고, 뇌가 인식하는 세계에 대한 모델은 균질하게 분할된 3차원 공간 속 특정 좌표에 배치된다. 몸을 가지고 인식하는 세계는 몸과의 상대적 위치로 파악된다. 몸 또한 세계에 대한 모델의 일부이다.

　도시에서 길을 찾기 위한 큰 스케일의 모델 뿐만 아니라 머그컵이나 펜 같은 작은 사물들에 대한 모델도 뇌 속 공간 지도에 배치된다. 도시에 대한 모델은 직접 길을 걸어다니면서 만들어지고, 작은 사물들에 대한 모델은 사물을 직접 만지면서 만들어진다. 이렇게 만들어진 세계에 대한 모델은 다시 세계를 인식하는 틀이 된다. 사람이 실제의 칼을 들고 실제의 사과를 깎을 때, 동시에 뇌 속에서 모델 칼을 들고 모델 사과를 깎는다. 실제의 손가락들이 실제의 사과와 실제의 칼을 붙잡고 있을 때, 뇌 속에서 모델 손가락들이 모델 사과와 모델 칼을 붙잡고 있다. 미래가 예측 가능한 것은 이미 사람의 몸속에 세계에 대한 모델이 들어 있기 때문이다.

　제프 호킨스, 《천개의 뇌》, 이충호 옮김, (서울: 이데아, 2022)

두 가지가 바로 이 위아래에 있다. 인간의 아래에 있는 사랑과 위에 있는 죽음이 바로 그것이다."[4]

"사방으로 회전하며 둘러볼 때 보이지 않는 미래는 높은 곳에서 내려다보며 도시를 한 번에 조망하는 지도의 관점으로 보완할 수 있다. 거리에서 미래는 모두 길 밖으로 나와 있다. 어떤 사람이 언덕을 넘어 너에게 오고 있다. 혹은 모퉁이를 돌기 전의 거리를 걷고 있다. 너는 미래에 그 사람을 만나게 될 것이다. 너보다 크기 때문에 너의 눈과 몸을 가리는 언덕이나 건물들이 만남을 지연시키고 현재와 미래를 구별하고 있다. 너에게 지도가 있어 내려다볼 수 있다면 그 만남을 앞당기기 위해 너는 그가 향하는 모퉁이로, 그가 넘고 있는 언덕 건너편으로 갈 수 있다. 미리 그곳에 가서 기다릴 수도 있고 시간과 거리를 계산하여 정확한 순간에 그곳을 지나갈 수도 있다. 이것은 비교적 쉬운 일이다. 반면 문으로 가려져 볼 수 없지만 문손잡이를 붙잡아 열고 그 안으로 들어갈 수 있는 미래도 있다. 그 안으로 들어갈 수 없지만 유리 너머로 환하게 들여다보이는 미래도 있다."

"도시 안에서 시간은 작은 주머니 속에 들어있고 심하게 꼬여 있는 길이가 긴 실 한 가닥처럼 끝도 중간도 시작도 모두 가까운 곳에 모여 있다."

"차를 타고 거리를 지나가듯이, 펜 끝으로 글자를 쓰듯이,

4 밀로라드 파비치,《바람의 안쪽》, 김동원 옮김, (서울: 이리, 2016), 21.

왼쪽에서 오른쪽으로 차례를 기다리면서 사건은 배열되어 있다. 아주 멀리서 오는 것도 시간이 되면 여기에 도착한다. 사건이 배열되어 있는 순서와 방향대로 너의 눈에 자극을 배열하라. 마치 무슨 일이 일어날 것인지 미리 알고 있는 것처럼 무슨 일이 일어날 것인지 기다리다가, 네가 기다리던 것을 맞이하라."

✳

너는 영상공학 기술자이고, 문학애호가이며 틱시(Тикси)[5]에 있는 대학에 소속된 연구원이다.

너는 틱시에 있는 너의 아파트를 대부분 비워둔 채 고속열차나 쇄빙선을 타고 유라시아와 북극권의 여러 도시로 출장을 다닌다.

너는 러시아어로 단편 소설을 쓰고 한국어로 번역되지 않는 종이 잡지에 발표한다.

네가 책상에 쏟아놓은 물건들 사이에서 나는 큰따옴표 안에 들어있는 이해할 수 없는 문자들과 그래프, 다이어그램, 낯선 기계의 원리를 설명하는 흑백의 도판들이 함께 인쇄된 원고를 보았다.

나는 너의 숙소 앞을 하루에 두 번 지나 출퇴근한다.

---

5   틱시(Тикси) : 71° 41′ 14″ N / 128° 52′ 10″ E, 시베리아 북극해 인근의 항구 도시. 서울로부터 곧장 북쪽으로 3,900킬로미터 떨어져 있다.

언제나 계절을 종잡을 수 없는 옷차림, 긴 곱슬머리, 초식
동물 같은 골격, 찻잔에 담긴 커피처럼 동그랗고 검은 눈동자
의 너.

처음에 출근길 전차 안에서 너를 우연히 마주쳤을 때 나는
창밖을 열렬히 바라보고 있었기 때문에 너를 알아보지 못했
다. 그런데 이번에는 네가 먼저 나에게 다가와서 말을 걸었
다. "안녕"이라고 나는 눈을 감은 채 인사했고 그때도 너는 나
에게 시각이 있다는 것을 몰랐다. 너는 나의 감겨 있는 눈꺼
풀을 한참 동안 바라보았다.

너는 나중에 이러한 상황을 묘사하는 오래된 시의 일부를
인용했다.

"이전에 나는 당신을 알아보았습니다/ 그러나 우리가 꿈에
서 만났다면/ 난 당신을 바라보기 위해 내 얼굴을 돌리지 못
하고/ 그냥 지나갔을 것입니다"[6]

노면전차는 나이 든 나무들과 낡은 시설물들을 그대로 남
겨두고 철수한 군사기지가 있던 시내 한가운데의 커다란 공
원을 가로질러 지나간다.

6　로버트 브라우닝의 시 〈폴린(pauline)〉의 일부를 변형. 아돌프 비오이 카사레
스의 소설 《파울리나를 기리며》의 각주에서 재인용.
　아돌포 비오이 카사레스, 《아돌포 비오이 카사레스》, 송병선 옮김, (서울: 현
대문학, 2019), 12.

폐쇄된 육교, 공중에서 잘려 있는 고가도로, 플라타너스 나무의 서로 색깔이 다른 껍질들과 가느다란 잎자루에 매달린 커다란 잎들, 군데군데 허물어진 벽돌담과 아직 남아 있는 철조망 등이 양옆에서 1킬로미터 동안 창밖으로 지나간다.

아침의 빛 또는 저녁의 빛과 사물들의 비스듬한 그림자가 번갈아 가며 전차 안으로 들어온다.

나는 늘 의미심장한 장면을 구경하는 사람처럼 깨끗한 유리 너머로 지나가는 바깥을 열중하여 바라본다.

정확한 위치를 지나갈 때 매일 다시 나타나는 이러한 시각들이 나를 돌이킬 수 없이 변화시킬 것이다.

✳

풍경 바라보기, 얼굴 알아보기, 물건 구별하기, 길 찾기, 숫자 읽기, 글자 읽기, 로봇개가 나에게 건네주는 세계에 대한 정보들은 내가 이전에 나의 몸에 있는 나의 눈, 나의 시각으로 보았던 것과는 다른 낯선 형식으로 전달되어 들어온다. 나는 이 정보들을 해석하고 내가 이전에 알던 것들을 알아보기 위하여 계속해서 분류 체계를 새로 만들어내야 한다. 본 것과 알고 있는 것들을 단어로 만들어 끝없이 나열하고 분류하는 것이 나의 문제가 되었다.

나는 내가 가지고 있었던 다양한 종류의 시각을 분류해본다. 눈을 뜨기 전부터 눈꺼풀 틈을 비집고 들어오는 빛처럼,

촉각으로는 구별할 수 없고 색깔로만 분리되어 있는 매끄러운 표면처럼, 다른 감각으로 희석되거나 언어로 개념화되지 않은 시각은 모두 이 분류에 참여하고 있다. 과거와 현재, 미래, 꿈, 영화, 사진, 현실, 환상, 시각적 예감, 기호, 근경, 원경, 구상화, 추상화, 암흑과 빛 등이 구별 없이 순서를 기다리고 있다.

a

눈을 뜨고 있을 때의 시각

: 일상적인 시각. 나의 몸을 포함한 내 주변에 있는 사물들의 형상이 선별할 수 없이 시야를 통해 밀려 들어온다. 눈을 뜨면 어떠한 중간과정 없이 이미 한가운데로 들어와 있다.

b

눈을 감고 있을 때 보이는 이미지

: 이것은 꿈도 기억도 아니다.

c

기억

: a에서 곧바로 유래된 시각 이미지. 특별한 장면들만 개념화되어 허물어지지 않고 이 범주에 포함되며 보존되는 지위를 얻는다.

d

꿈에서의 시각

: 이것은 이미 개념화되어 있기 때문에 조건에서 어긋난다. 꿈속의 주요한 감각은 시각보다는 위치 감각에 가깝다. 모든 감각이 빵이 되기 직전의 반죽처럼 뒤섞여 있는 위치 감각에서 시각을 따로 분리해내기는 어렵다. 그러나 꿈속의 눈도 잘 후벼파보면 이불 속에 묻혀 있는 눈앞의 부드럽고 빛이 통과하는 반투명한 표면처럼 개념이 아닌 장면을 마주하고 있다.

그리고 지속 시간과 유사성의 면에서 보았을 때 꿈에서의 시각은 a의 충실한 모방품이고 유용한 대응물이므로 여기에 포함시킨다.

사랑하는 사람의 얼굴을 가능한 한 오랫동안 바라보는 것은 c를 강화하기 위한 방법이다.

a에서 곧바로 c로 가는 길은 언어와 말이 가로막고 있다.

b는 컴퓨터 시뮬레이션으로 만들어낸 것 같은 기하학적 형상을 보여줄 때가 있다.

b는 물에 비친 빛, 사람의 얼굴, 건축물, 일점투시도, 거대한 회전체, 들판이나 항구, 어두운 수면 같은 전형적인 상징들을 보여줄 때가 있다.

d에서 시각의 질, 특히 전망을 한 번에 바라보는 광각 시야의 질은 아주 낮은 편이다. d에서 나타나는 사물들은 a와는

다르게 이미 만들어진 상태로 기다리고 있는 것이 아니고 바라보는 순간에 약간의 시차를 두고 새로 만들어지기 때문에 그렇다.

예전에 나는 c와 d를 통한 외출을 상상했다. 이제 나는 언제나 a와 b의 중간에서 보고 있다.

로봇개는 나에게 b의 형태로 시각을 건네주고, 나는 그가 건네준 b를 통해 a로 나간다.

나는 이런 이미지 속에 있다.

나는 이런 이미지 속에 있다.

닫힌 문이 양쪽으로 셀 수 없이 많이 줄지어 있는 어두운 복도에 도착하여 서 있다. 문들은 모두 닫혀 있지만 어떤 문도 잠겨 있지 않다. 문을 열면 내가 처음 보는 것, 이전에는 결코 볼 수 없었던 장면을 보게 될 것을 안다. 미래를 예측하는 능력이 다른 모두에게 있는 만큼 나에게도 있다는 것을 알게 된 후에 나는 그 문들 중 하나를 열 수 있을 것 같았다. 그런데 악몽에서 깨기 직전에 겪는 느낌 같은 생생한 두려움 때문에 딱 하나의 문을 여는 상상만 반복하고 실제로 열지는 못했다. 혹은 문을 열었는데 너무 눈부셔서 눈을 감고 손으로 얼굴을 가렸다. 혹은 길에서 모르는 사람의 얼굴을 마주쳤을 때처럼, 꿈에서 본 사람의 얼굴처럼 무엇을 보았는지 곧바로 잊어버렸다.

로봇개는 두려움 없이 미래를 본다. 로봇개는 떨림이나 미동 없이 너를 본다. 로봇개는 문 앞에서 멈추고, 나를 위해 그리고 자기 자신을 위해 몸을 일으켜 문손잡이를 돌리고 문을 열어준다. 반면 나는 스스로도 이해할 수 없을 정도로 겁이 많은 성격이다. 문들이 늘어선 복도에 똑같이 서 있으면서도 잠겨 있지 않은 문을 나는 열지 못한다. 나는 문을 열고 들어가는 대신 곁눈질로 보며 문 옆을 지나간다. 가느다란 빛이 빠져나오고 있는 틈을 보면 잠시 멈추고 눈을 대고 엿보는데, 너무 눈부셔서 아무것도 보이지 않는다.

나는 이런 이미지 속에 있다.

나는 어둠 속에 누워서 물소리를 들었던 적이 있다.

나는 어둠 속에 누워 있을 때 너의 얼굴을 마주친 적이 있다.

어둠 속에서 물은 조각조각 빛나며 내려오고 있다.

나는 이런 이미지 속에 있다.

혼자 있는 사람이 등장하는 영화를 나는 보고 있다. 나는 내가 칼로 과일을 자르는 장면을 보고 있다. 나는 냉장고의 손잡이를 붙잡아 열고 표면이 흠 없이 매끄러운 사과를 꺼낸다. 사과의 표면에는 노란색에서 붉은색으로 변화하던 도중에 멈춰 있는 몇 개의 경계가 있다. 그 경계에서 무슨 일이 일어난 걸까? 나는 개수대 앞으로 가서 수도를 틀고 쏟아지는 소리로 흐르는 물, 하얀 물거품으로 불투명해지며 쏟아지는 물로 사과의 표면을 문질러 씻는다. 표면의 물기를 닦고 단단한 칼자루를 붙잡아 꺼낸다. 날카로운 칼날을 사과 속으로 집어넣어 자른다. 사과 중심의 씨앗과 심을 도려낸다. 사과를 손에 들고 이로 씹을 때의 딱딱함과 맛은 매번 예상을 조금씩 빗겨나간다. 그러나 그 순간에 나는 길고 긴 복도와 수많은 문들을 지나 나의 방의 문을 열고 들어와 불을 켰을 때처럼 내가 정확하게 도착했다는 것을 알 수 있다. 나는 달콤한 맛과 열매살의 저항 속으로 들어간다. 이것은 사과가 아니고 전혀 다른 형태와 질감을 가진 다른 과일이 될 수도 있다. 나는 한 손에는 과일을, 한 손에는 칼을 들고 있는 내 손가락들의 위치를 안다.

나는 서로 다르게 생긴 여러 종류의 과일들을 구별하고 각자 다른 방식으로 손질하는 방법을 알고 있다. 그 사물과 움직임은 지도에 이미 기록되어 있다.

처음에 나는 나의 암흑 속에서, 그 다음엔 밝음 속에서 이 장면을 여러 번 반복했다.

한 손에는 날카로움으로, 한 손에는 선명한 색깔로 빛을 반사하는 칼과 과일을 들고 있는 나를 바라본다.

여기서 한 사람이 더 등장한다.

나는 나의 집을 방문한 너에게 과일을 대접한 적이 있다.

나는 꿈속에서 과일을 먹었던 적이 있다.

나는 이런 이미지 속에 있다.

어둠 속에서 난간 밖으로 몸을 내밀고 낭떠러지를 오랫동안 내려다보면 시각은 멀리 아래에, 하얀 파도 거품들이 수많은 물결의 꼭대기에서 가느다란 선형으로 느리게 느리게 깨지고 있는 깜깜한 수면에 도달하게 된다. 곁눈질로 보아야 허공의 어둠 너머로 겨우 볼 수 있는 하얀 선들이 반사하는 빛이 있다.

나는 이런 이미지 속에 있다.

11월이고 무섭도록 선명한 색깔의 잎들이 사방에 아무렇지도 않게 떨어져 있다. 또다시 바닥을 포장하는 수명이 짧은 사치품들. 우리는 아직 무겁지 않은 재킷을 입고 걷고 있다. 어린애처럼 시선이 낮은 로봇개의 시각을 화려한 잎들이 온통 뒤덮고 나는 함께 그 색채 속으로 들어가며 방향 감각을 잃어버린다. 나는 네가 뭐라고 말하는지 듣지 못한다. 우리는 너를 내버려두고 정신착란에 가깝게 몰입하고 있다. 그래서 너는 내가 들을 수 있도록 다시 한번 말한다.

"사랑하는 사람에 대해 생각하거나 써야 할 소설에 대해 생각하는 것 말고 평소에 다른 무엇을 생각할 수 있을까?"
"네가 본 것을 생각해. 네가 본 것을 생각해."

나는 이런 이미지 속에 있다.

이것은 일종의 포스핀 비전(phosphene vision)[7] 이다. 감옥에서 상영되는 영화[8]이다. (나도 너무 오래 갇혀 있었기 때문에. 그러나 이제 출구가 열리고 새어 들어오는 빛을 보며 나는 설명하고 있다. 게다가 출구는 단 하나도 아니고 여러 개이다.) 밤에 잠들기 직전에 나의 불 꺼진 방의 문을 열고 빛이 쏟아지는 문틈에서 몸을 내밀며 들어와 눈을 감고 누워 있는 나를 내려다보는 기계 원숭이의 얼굴이다. 무거운 무대 커튼 뒤의 거대한 기계장치와 뛰어다니는 연출팀이다. 깨진 모니터의 디스플레이에서 나타나는 형광 무지개이다. 얼굴 뒤에 뭉쳐 있는 신경

다발 덩어리에서 소리 없이 점멸하는 전기신호들의 노출 사
고이다. 빛을 가리고 있는 두꺼운 검은 종이에 구멍을 한 개
뚫을 때마다 동일한 만큼 밝은 빛이 한 개씩 더 쏟아져 들어
온다.

7 Phosphene Vision: 안내섬광(眼內閃光). 안구에 직접적인 자극을 가해 눈을
통과하지 않은 빛을 보는 시각. 뇌 임플란트 형태의 인공시각 장치에 활용된다.
그림 : 인공시각을 위한 포스핀 비전 이미지. 원본과 원본의 100배 확대본.
  "Phosphene vision: development of a portable visual prosthesis system for the
blind", SEMANTIC SCHOLAR, 2022년 10월 20일 접속, https://www.seman
ticscholar.org/paper/Phosphene-vision%3A-development-of-a-portable-vi
sual-Suaning-Hallum/d1b74748726cd1a88fa8c33818f9d8501a984142/
figure/1

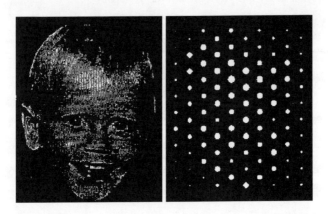

8 Prisoner's Cinema: 어두운 감옥 속에 갇혀 있는 죄수, 트럭 기사, 명상가
등 시각적 자극에 오래 노출되지 않고 어둠 속에 있었던 사람들, 또는 우주비행
사처럼 방사능에 오래 노출되어 있었던 사람이 보게 되는 빛의 쇼. 어둠 속에서
다양한 색깔들이 설명하기 힘든 형상으로 나타난다. 동굴벽화처럼 사람이나 다
른 사물의 형상을 띠기도 한다.

나는 이런 이미지 속에 있다.

1) 네가 나의 앞에 너무 가까이 서 있어서, 네가 머리를 숙일 때 쏟아지는 머리카락들이 내 눈 앞을 가린다.

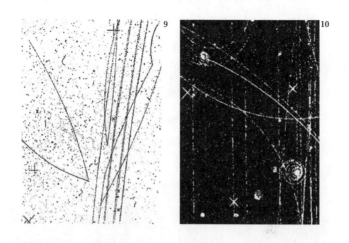

2) 그림 두 개가 두 개의 눈으로 보는 바깥처럼 나란히 걸려있다. 내가 그 그림들 앞에 서 있을 때 누군가가 나의 옆으로 다가와 내 눈 속을 1초 동안 들여다보고, "뭐가 보이세요?"

9 양전자와 전자의 충돌과 소멸. Pair Annihilation. 원본이미지에 포토샵 필터 High School Teachers at CERN[Website]. (2022.10.20). URL: https://hst-archive.web.cern.ch/archiv/HST2005/bubble_chambers/BCwebsite/gallery/gal3_neutralkaon1.htm
10 Birmingham Particle Physics Group[Website]. (2022.10.20). URL: http://epweb2.ph.bham.ac.uk/user/watkins/seeweb/Bubble.htm

라고 묻는다.

　나는 대답한다.

　"첫 번째 그림은 이마 위에서 눈 앞으로 흘러내린 머리카락처럼 너무 가까이 있어 흐릿하게 보이는 검은 선들이네요."

　"두 번째 그림은 밝은 곳에서 눈을 감았을 때 눈꺼풀 위를 떠다니는 금빛 실들과 작은 동그라미들이네요."

　3) 내 사진첩에는 화면 너머로 같은 장면을 보고 있는 a와 b의 얼굴이 위아래로 나란히 배치된 그림이 있다. 무언가를 가까이에서 보기 위해 머리를 90도로 기울인 b의 곱슬거리는 까만 머리카락이 아래로 쏟아져 내려와 a의 눈 앞을 가리고 있다.

　이 세 가지의 이미지는 하루 혹은 며칠의 간격을 두고 하나씩 나의 시각으로 들어왔다. 하나의 이미지가 그다음의 이미지를 예고하듯이. 그 다음의 이미지가 그 이전의 이미지를 강화하듯이. 세 번째 이미지를 마주친 후에 나는 이러한 연계를 알아차린다. 현재는 뱀의 얼굴처럼 언제나 가장 앞에서 가고, 미래와 과거는 그 뒤를 줄 서서 따라온다.

　나는 이런 이미지 속에 있다.

　내가 풍경화 속의 먼 곳을 바라보는 동안 누군가 확대경으로 내 눈 속을 들여다보고 있다.

"어디서 그 선이 나누어지나요? 중심, 주변, 왼쪽과 오른쪽. 위와 아래. 왼쪽과 오른쪽을 어떻게 구분하지요?"

이렇게 묻는 나는 이미 시야의 왼쪽과 오른쪽을 선명하게 가르고 있는 암흑의 경계를 보고 있다.

두 개의 원을 사 등분하고 보이지 않는 부분을 검게 칠했다.

왼쪽과 오른쪽은 다르다.

위와 아래는 다르다.

중심과 주변은 다르다.

경계는 멀리서 찾을 필요 없이 몸의 주변에 있다. 눈앞에 있다. 소실의 경계를 만드는 것은 몸 자체이다. 몸이 없으면 소실도 경계도 없다.

"어떤 사람들은 현재에 가장 가까운 부분부터 시간을 갉아먹지만 매미나방처럼 시간의 한가운데로 날아들어 시간을 갉아먹고 구멍을 남기는 사람들도 있다"[11]

어느 방향에서 시작했는지가 더는 중요하지 않아진 암흑 속으로 나는 완전히 들어갔다.

---

11 밀로라드 파비치, 《바람의 안쪽》, 김동원 옮김, (서울: 이리, 2016), 137.

＊

　우리 사이에는 우리를 가로막는 바리케이드 같은 책상과
의자들, 지나간 10년, 점심시간, 주말과 공휴일, 전차 시간표,
엘리베이터와 계단, 서로 다른 위도의 도시에 있는 직장, 나
이, 미래, 말, 언어, 얼굴과 딱 한 번뿐인 삶이 있다. 이러한
사물들은 지도 속에서 우리의 위치를 정해주고 각각 지점 a와
지점 b에 놓아둔다. 나는 언제나 지점 a에서 지점 b로의 여행
을 계획한다. 내가 언제나 우연처럼 네가 지나가는 길목에서
기다리고 있기 때문에 너는 애인처럼 다정하게 다가와 나를
"나의 눈먼 암살자" 혹은 "개를 데리고 다니는 여인"이라고 부
른다. 낙엽이 모조리 바닥에 떨어지는 계절이 다시 돌아올 때
까지 스스로도 이해할 수 없을 만큼 열렬히 너의 위치를 생각
하며 거리에 나와 있었다. 네가 나를 보고 나에게 다가올 때
마다 수많은 사람들이 우리를 보고 있다고 느껴져 긴장했지
만 주변을 둘러보면 관객들은 보이지 않았다. 나는 나중에 그
것이 과거로부터 미래의 목격, 미래로부터 과거의 목격임을
알게 된다. 현재는 뱀의 얼굴처럼 언제나 가장 앞에서 가고,
미래와 과거는 그 뒤를 줄 서서 따라온다. 내가 너의 앞에 서
있을 때, 미래와 과거는 우리 주변에 거리를 두고 둥글게 원
을 그리며 빽빽하게 둘러서서 우리를 바라본다. 조금이라도
더 가까이서 보기 위해 서로 몸을 붙이고 앞으로 쏟아질 것처
럼 서 있는 열렬한 구경꾼들. 사람이 많을수록 원의 둘레는

커지고 중심과의 거리는 멀어진다. 선택받은 인원들만 이 구경에 참여한다. 방사형의 시야. 관객들이 만들어내는 너와 나에 대한 완전한 이미지. 그 구경꾼들을 대표해서 나는 너를 만난다.

나와 나의 로봇개와 너. 우리는 거리를 함께 걷고 있다.
너는 무릎까지 내려오는 멋진 외투를 입고 까만 여행 가방을 어깨에 메고 있다. 나는 언제나 여행객들의 옷차림을 좋아했다. 딱 몸으로 들 수 있을 만큼만 무거운 가방을 들고 서 있는 모습과 다른 계절에서 온 것 같은 차갑고 두꺼운 겉옷을 좋아했다. 여행객들 특유의 약간 지친 자세와 눈에서 쏟아지는 광채를 좋아했다. 밤에 떠나는 너의 기차 시간을 기다리며 우리는 함께 산책한다. 언제든 고속열차를 잡아타고 3,900킬로미터 떨어진 북극에 있는 도시로 가버릴 수 있는 도시에 내가 33년 동안 살고 있다는 것을 나는 너를 통해서 알게 된다.

저녁 시간이 되기 전부터 해가 낮아지며 쌀쌀해지고 있었기 때문에 우리는 공원을 벗어나 따뜻한 것을 마시러 가기로 한다. 횡단보도를 건너 도로 가장자리에 모여 있는 커다란 낙엽들을 마구 밟으면서 우리는 보도로 올라간다. 공원을 마주 보는 거리에는 깨끗한 유리문 너머로 테이블마다 사람들이 모여 있는 모습이 무성영화처럼 들여다보이는 카페들이 줄지어 있다. 낮에는 커피와 빵을 팔고 저녁에는 술과 간단한 음식을 파는 가게들이다. 조명등은 천장에서부터 긴 전선으로 내려와 테이블 가까운 곳을 비추고 있다. 사람들은 벌써 자리를 잡고 그릇에 포크를 부딪치며 따뜻한 음식을 먹고 있다. 투명하고 목이 가느다란 잔에 맑은 술을 마시고 있다. 아직도 커피를 마시며 이야기하는 사람들도 있다. 혼자서 수프를 시켜놓고 책을 읽는 사람도 있다. 꿈에서 이미 수백 번 보았던 장면이었다. 그 안으로 들어가기 위해 우리는 하나의 문 앞으로 다가가고 너는 나의 뒤에서 팔을 뻗어 차가운 문손잡이를 붙잡고 문을 열어준다. 네가 문손잡이를 잡고 있는 동안, 로봇개는 나의 얼굴 앞에 너의 팔이 있는 장면을 올려다본다. 만약 나의 몸에 있는 눈으로 보고 있었다면, 얼굴과는 다르게 눈이 없는 너의 팔을 마주할 수 있는 지금을 나는 좋아했을 것이다. 만약 우리가 꿈에서 만났다면, 우리는 아무것도 바뀌는 것이 없더라도 달콤함 때문에 1분이라도 더 이불 속에 있고 싶어 하는 아침처럼 서로의 손을 10초라도 더 붙잡고 있으려고 했을 것이다. 그러나 여기에서는 손처럼 서로 붙잡을 필요 없이 그냥 가까이 있는 것이 전부였기 때문에 나는 너의 팔을 좋아했다. 그냥 판판한 면을 바라보는 것을 나는 좋아한다. 사랑은 손잡이가 없는 표면처럼 쉽게 붙잡을 수 없다는 문장을 읽은 적이 있다.

'난간은 절벽으로 가는 길을 가로막고 있지만, 절벽의 가장자리로 더 가까이 다가갈 수 있게 해준다.'

대신 너의 이미지를 안으로 들여오고, 다시 그 이미지 속으로 들어가기 위한 유일한 통로로서 나는 늘 너를 열렬히 바라본다. 혹은 사치스럽게도 너의 영혼에 대한 힌트를 얻고자 기회만 있으면 너의 눈을 들여다보려고 한다. 포토 카드를 모으듯이 횟수를 세며 그 이미지들을 수집한다. 너의 눈 속의 어둠, 난간 밖으로 몸을 내밀고 내려다본 낭떠러지, 삶의 다른 지점과 비교할 수 없는 두려움과 달콤함, 검은 물 밑에 가라앉아 있다가 지금 느리게 느리게 올라오고 있는 미래를 본다.

우리가 문을 열고 들어가는 동안, 갑자기 귀로 밀려 들어오는 대화 소리와 식기가 서로 부딪치는 소음들 사이에서 나는 이런 모놀로그를 듣는다.

"통념적인 두려움과는 다르게 삶은 길고 계속되며, 해소되지 않은 것은 해소되기 위하여 계속 반복하여 돌아오며, 돌이킬 수 없이 무서운 변화는 거의 일어나지 않는다…."

삶이 가리고 있던 죽음의 예감이 다시 몰려오기 시작하는 이런 계절에 사람들은 다들 밖으로 나와 서로 만나고 햇빛 아래를 걷는다. 어두워지고 추워지기 시작하면 불빛과 따뜻함이 유리 너머로 들여다보이는 카페 안으로 들어와 잠시 모여 있다. 우리가 통과한 문이 찬바람을 한 움큼 안쪽으로 밀며 천천히 닫히는 동안 모놀로그는 계속된다.

"나도 물론 돌이킬 수 없는 변화를 사랑한다. 그것이 어린 시절처럼 시간을 느리게 가도록 만들기 때문이다. 그러나 더 사랑하는 것은 두 번째로 다시 일어나는 사건이다. 그것은 삶을 영원한 반복처럼 느껴지도록 만든다."

우리는 저녁 식사 대신 달콤한 도넛과 커피를 주문하고 동그란 테이블 앞에 마주 보고 앉아 있다.

나는 도넛을 손에 들고 빙글 한 바퀴 돌려보고 내 손끝에 차가운 설탕이 달라붙으며 녹아내린다.

"나보다 작은 사물은 어떻게 생겼는지 알기 위해서 손으로 붙잡고 회전시키면서 전체를 볼 수 있고, 나랑 비슷한 크기의 사물은 내가 그 주변을 회전하면서 전체를 볼 수 있고, 나보다 큰 사물은 직접 몸을 움직이며 그 안을 돌아다니면서 볼 수 있다. 그렇게 규모별로 형태들을 이해할 수 있을 거야. 아니면 도시처럼 너무 큰 대상도 아주 멀리서 보면 한눈에 보일 정도로 작아지겠지. 아주 작은 물건도 눈앞에 가져다 대면 눈을 다 가릴 정도로 커지겠지.

아니면 크기는 크지 않지만, 단면으로 잘라보면 그냥 내 얼굴 정도의 지름이지만 길고 길어서 어디서부터 시작해서 어디까지 이어지고 있는지 보이지 않는 긴 뱀의 몸 같은 형태도 있는 것 같아. 어느 날 자고 일어났을 때 내 침대 옆에 나랑 나란히 누워 있는 그 뱀의 허리를 처음 보는 거야. 내가 자는 동안 내 방의 문이 열려 있고 열린 틈을 통해 들어온 그 뱀은 길게 길게 이어지며 다시 밖으로 나가고 있어. 따라 나가서 그 몸을 따라 한참 걸어도 건물의 모퉁이들과 언덕들이 계속 나타나서 끝을 가리고 있어. '언제 뱀의 얼굴을 볼 수 있을까?'라고 생각하면서 나는 거리에 서 있어."

"그렇게 긴 것은 언젠가 구부러져 돌아오더라. 긴 것이 끝도 없이 모르는 곳으로 갈 만큼 사람 한 명의 삶이 크지는 않은 것 같아. 그냥 시간이 필요한 거야. 지금 한 번 보는 것으로는 부족해. 그렇게 널 놔두지도 않을 거야."

언제 다시 너의 얼굴을 볼 수 있을까? 딱 한 번이 아니라 여러 번. 횟수를 세기를 포기하게 될 때까지 반복하여. 너의 영혼의 원천. 내 몸 앞에 실제로 있는 너의 몸. 커피가 너무 뜨거워서 식히는 동안 너는 차가운 손가락들을 찻잔에 대고 있다. 나는 네가 물건을 잡고 있는 모습을 좋아한다. 손가락 너머에 미로가 있는 것처럼 너는 물건들을 만진다. 찻잔은 두껍고 표면은 만질 수 있을 정도로 뜨겁다. 찻잔은 흰색이고 윤기가 나는 자기질이다. 찻잔은 하나의 단면을 한 바퀴 빙글 돌려서 만든 것처럼 완벽한 회전대칭체이다. 원형의 꼭대기의 모든 지점에서 동일한 곡률의 부드러운 곡선이 안쪽과 바깥쪽으로 매끄럽게 내려가고 있다. 찻잔의 안쪽은 깜깜하고 동그란 수면에 가려 바닥이 들여다보이지 않는다. 찻잔의 바깥에는 손가락 하나가 들어갈 수 있도록 구멍이 뚫려 있는 커다란 귀 같은 손잡이가 표면의 한 지점에서 갑자기 튀어나와 있다. 이 구멍이 찻잔의 대칭을 깨트리고 도넛과 위상동형인 원환면으로 만든다. 따라서 찻잔 받침 위에 놓여 있는 찻잔은 쟁반 위에 놓여 있는 도넛과 위상동형상에 있다.

몇 주 전만 해도 낮이었던 시간에 신선한 어둠이 깔려 있는 바깥으로 우리는 나간다. 나와 나의 로봇개가 일요일 오후마다 공원을 산책하고 휴식을 취하는 카페 테라스에는 테이블마다 촛불이 켜져 있다. 햇빛 아래에서 우리는 느리게 걸어다녔다. 로봇개는 태양광을 특식처럼 빨아들인다. 로봇개는 내가 앉아 있는 의자의 다리들과 나의 다리들에 기대어, 햇빛 아래에 잠시 달콤하게 눈을 감고 잠들어 있다. 언제나 나보다 조금 차가운 체온의 몸을 나에게 살짝 대고 있다. 나도 따뜻한 암흑 속에서 잠시 휴식을 취한다. 눈꺼풀 너머에서 이명 같은 금빛 잡음이 부글부글 끓고 있다.

우리는 어두운 노면전차 정거장에 나란히 앉아 있다. 역으로 향하는 전차가 곧 도착할 것이다. 전조등을 켠 전차들이 오고 가며 주변이 잠시 밝아질 때 우리는 서로의 얼굴을 번갈아 바라본다. 어둠 속에서 플래시를 터뜨려 찍은 사진처럼 아주 잠깐 동안 멈춰 있는 너의 옆모습들. 나의 얼굴을 바라보는 너의 얼굴. 기원을 감추는 사람처럼 눈을 감고 있는 나의 얼굴. 나타나는 순간 곧바로 사라지는 이런 이미지들은 어디로 들어가고 있을까? 끔찍한 다정함과 끔찍한 무심함을 우리는 번갈아 꺼내고 서로에게 보여준다.

"네가 아무리 못되게 굴어도 너의 영혼의 아름다움을 가릴 수는 없어. 나는 네가 하는 말 때문에 너를 좋아한 것이 아니야. 나는 너를 너의 얼굴 때문에 좋아한 것이 아니야. 그렇다고 다른 특별한 이유가 있는 것도 아니야. 그냥 비슷한 조건에서 비슷한 사건이 일어나는 것 같아. 2022년이 아니고 3033년에 만나도 다시 널 좋아하겠지. 인생은 기니까 마음대로 살아. 나중에 또 만나자."라고 나는 말하고 싶었다.

그러나 언제 다시 볼 수 있을지 모르는 너에게 작별 인사를 하는 대신 화를 내고 나는 몸을 돌려 떠난다. "나는 이제 네가 지겨워. 너의 변덕이 지겨워." 그리고 몇 걸음도 가지 않고 다시 돌아와서 말한다.

"너의 겉옷을 개고 싶어. 너의 짜증을 듣고 싶어. 내가 가지고 있는 것 중에 제일 아름다운 물건을 포장해서 너에게 선물로 주고 싶어."

이렇게 대책 없는 선언들은 무언가를 바꾸기 위한 것이 아니고 지금 너의 얼굴을 몇 초 동안 더 보기 위한 핑계에 불과하다. 갑자기 쏟아내는 부담스러운 말들과 평소 나의 무심한 태도를 연관시키고 적절하게 반응하는 것은 너에게 어려웠을 것이다. "이제 와서?" 혹은 "나도 너의 변덕이 지겨워."라고 너는 대꾸할 필요도 없다. 너는 자유롭고 멀리 떠날 것이다. 떠나는 사람 특유의 긴장감으로 이미 너의 눈은 아름다운 광채를 내뿜고 있다. 너와는 반대로 어떠한 출구도 없는 감옥에 혼자 갇혀 있고, 혼자 갇혀 있기 때문에 자기 자신밖에 모르고, 출구가 없기 때문에 구원받을 여지도 없는 불쌍한 처지의 사람을 보듯이 너는 말없이 나를 보고 있었다. 너는 짜증이 난다는 표정이었지만 짜증을 내지는 않았다. 바로 그것이 내가 너에게 원하는 모습이라고 내가 말했으므로. 대신 너는 손이 많이 가는 어린애를 대할 때처럼 인내심을 발휘하여 다정한 태도로 잠시 내 옆에 있고, 너의 눈을 들여다보는 로봇개를 마주 보며 차가운 이마를 쓸어 넘겨준다. 사람들의 아주 사소한 기대에도 조종당하지 않으려고 반발심을 가지고 늘 조금씩 예상과 반대로 행동하는 너의 마음의 결벽증을 나는 사랑했다. 내가 조금은 딱하게 여겨질 때 나에게 더 다정하게 대해주는 너의 허약한 오만함을 사랑했다. 타인을 공격하는 기능을 발휘하지 못하고 외모에 우아함만 더하고 있는 너의 부드러운 가시를 사랑했다. 심해어의 겉모습처럼 충격적인 이미지들을 내 눈앞에 떨어트리는 너의 깜깜한 눈 속의 어둠을 사랑했다. 너의 가방 속에 어지럽게 들어 있는 물건들과 내가 이해할 수 없는 언어로 필기하는 너의 필체를 사랑했다. 1분 후에 떠날 것임에도 평소와 똑같이 생생하게 여기 있는 너의 몸이 몰고 다니는 영원한 현재성을 사랑했다. 네가 등장하는 이런 식의 문장들을 나는 끝도 없이 적을 수 있다. 그리고 너의 생각과는 다르게 나는 결코 갇혀 있지 않으며, 언제나 비밀스러운 출구로 외출한다. 그것이 내가 너의 변덕에 마음을 핍박받으면서도 너를 계속 사랑할 수 있는 이유이다.

민세원

이미지와 문장을 위해 사는 사람. 소설을 쓴다. 책에 대한 사랑으로 출판사 세개의 원을 만들었다. 서울에 살며 건축가로 일하고 있다.

작가의 말

1

머그컵, 연필, 초콜릿 포장지, 물병, 서류 뭉치, 카탈로그, 약통, 핸드크림, 키보드, 볼펜, 타이머, 그림엽서, 리모컨, 수첩, 이면지, 메모지, 충전기, 종이 테이프, 계산기, 10가지 색의 색연필, 삼각 스케일, 민트 캔디 케이스, 텀블러, 코스터, 화분, 모기약, 영수증, 전시회 티켓, 그리고 다른 물건들이 탁자 위에 놓여 있다.

루꼴라, 토마토, 오이, 모짜렐라, 올리브, 갈색 양송이 버섯, 삶은 달걀, 프로슈토, 완두콩, 버터헤드 레터스의 연두색 잎, 얇게 썬 초록색 사과, 그리고 다른 채소들이 한 그릇 안에 들어 있다.

언제나 너무 많은 사물들이 한꺼번에 등장한다.

모두 내가 이미 정체를 알고 있는 친근한 사물들이다.

한 장면 안에 서로 겹쳐 있는 물체를 눈이 어떻게 구별할 수 있을까?

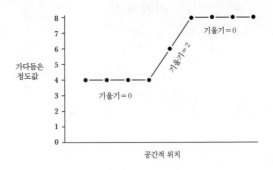

이 그래프[1]에서 평평한 선형이 갑자기 상승하는 가파른 오르막길은 한 물체를 쳐다보았을 때 그 물체의 가장자리에서 음영이 급격하게 변화하는 구간을 나타낸다. 모든 물체들은 각자의 기원과 형태, 시간과 공간 속의 이동 경로, 쉽게 허물어지지 않는 경계로 닫혀 있기 때문에 끊임없이 사물들을 겹쳐 놓는 시야 속에서 서로 섞이지 않고 구별될 수 있다. 빛과 그림자가 표면을 따라 조용히 이동하며 사물들이 분리되어 있음을 확인해준다.

혹은 내가 이미 그 사물을 알고 있기 때문에, 나의 시뮬레

1 시각상 계산을 위한 과정 중 그래프. 이미지 출처 : AISTUDY[Website]. (2023.8.11). URL: http://www.aistudy.co.kr/cognitive/vision_johnson-laird.htm

이션 세계 속에 들어 있는 그 사물에 대한 모델을 실제 세계의 사물이 내뿜는 형태와 일치시키기 때문에, 그 순간 시각은 직접 그 사물을 배경과 구별하고 가장자리를 만들어낸다.

새로운 시각을 발명하기 위해서는 지금 여기 있는 시각의 작동 방식을 이해해야 한다. 이때의 이해는 불가능한 접근을 시도하기 위한 하나의 방향, 틀, 한계를 의미한다. 어디부터 시작할 수 있을까? 전체를 조망하기 위해 멀리 물러설 것인가? 전체를 포기하고 가까이서 보기 위해 다가설 것인가? 가까이 간다면 왼쪽에서 출발하여 다가갈 것인가? 오른쪽에서 출발하여 다가갈 것인가?

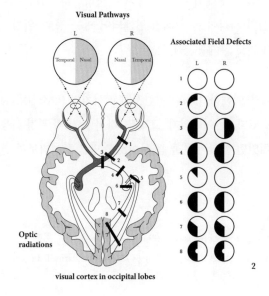

갑자기 시야의 한쪽 방향을 소실함으로 왼쪽과 오른쪽을 구별할 수 있게 된 사람이 있다. 눈이 잃어버린 시야의 영역은 안구와 뇌의 시각피질이 연결된 신경 경로 중 특정 지점과 관련이 있다. 오른쪽 눈만 보이지 않는 사람이 있다. 왼쪽 눈만 보이지 않는 사람이 있다. 오른쪽 눈과 왼쪽 눈의 오른쪽 절반 영역만 보이지 않는 사람이 있다. 오른쪽 눈과 왼쪽 눈의 왼쪽 절반 영역만 보이지 않는 사람이 있다. 오른쪽 눈의 오른쪽 절반 영역과 왼쪽 눈의 왼쪽 절반 영역만 보이지 않는 사람이 있다. 오른쪽 눈의 오른쪽 위 1/4 영역과 왼쪽 눈의 오른쪽 위 1/4 영역만 보이지 않는 사람이 있다. 또 다른 방식으로 결손된 시야와 연결된 신경회로들이 있다. 각 영역의 경계 너머에서 사물들은 선별되지 않고 통째로 사라진다. 이러한 소실은 나 자신의 시각이 몸과 직접 연계되어 있는 경로, 위치, 방위, 일종의 지도를 제공한다.

시각을 이해하기 위한 이런저런 리서치가 이 소설의 절반을 채우고 있다. "잃어버리기" 그리고 "다시 찾기"의 과정을 통과하며 접혀있던 삶의 부분들 틈 사이로 전망을 들여다보며 간다.

---

2 시각 경로 손상 부위별 시야 결손 형태. 이미지 출처 : NeurovascularMedicine. com[Website]. (2023.8.11). URL: https://neurovascularmedicine.com/vision. php

2

눈 앞에 있는 아름다움, 미래, 사랑하는 사람의 얼굴처럼 정말로 바라보고 싶은 대상을 똑바로 쳐다볼 수 없는 두려움이 나의 시각을 나로부터 분리시킨다. 나의 발치에 앉아 나 대신 내가 사랑하는 사람을 돌아보는 로봇개에 대한 이미지로 이 소설은 시작되었다. 나와 나의 로봇개와 너. 나와 너 사이를 매개하는 로봇개의 등장으로 만들어진 새로운 시각의 삼각 구도가 이 소설을 이끌고 갔다. 소설쓰기를 마친 뒤에도 한동안 외출을 할 때면 로봇개가 나와 함께 거리를 걸어다녔다.

반복되는 일상에 완전히 붙잡혀 있는 사람이 자꾸 마주치게 되는 빛이 쏟아져 들어오는 출구들이 있다. 일상의 다른 지점과는 동떨어져 있는 것처럼 보이는 이러한 빛을 마주치고 지나치는 경험도 일상의 일부이다. 이 소설의 단락들은 그런 식의 일상에 대한 오마주들이다.

"미래는 사람의 얼굴처럼 숨길 수 없이 밖으로 나와 있다. 자기를 보여주고 싶어하기 때문에. 압도당하는 것에는 다 무언가가 예견되어 있다. 아주 작은 예감이어도. 잘 후벼파보면."이라고 소설에 썼다. 이런 예감들은 삶 곳곳에 흩어져 있기 때문에 이들을 잘 모아두기 위해 소설을 쓴다고 생각한다.
글을 쓸 때에는 삶 전체와 연결되는 느낌을 받는다. 과거,

현재, 미래를 통틀어서 대표로 지금 내가 쓰고 있다고. 언제든 글로 쓰게 되는 것들은 이미 시간을 초월하는 무언가라고 생각한다.

혹은 글을 쓸 때에는 갑자기 삶이 넘치고 밀려와서 글이 겨우 범람을 막아주는 제방 같기도 하다. 무엇이든 넘치는 것들이 글을 쓰게 만들기 때문에…

내가 살고 목격하는 것들을 픽션으로 만들어버릴 수 있다는 생각이 나의 삶에 엄청난 자유를 준다. 더 넓어지고 싶고, 더 멀리 갔다 오고 싶고, 더 깊이 들어갔다 오고 싶고, 더 많이 살고 싶고, 더 많이 보고 싶고, 더 많이 읽고 싶고, 더 많이 쓰고 싶고…

삶을 압도하는 과장되고 우스꽝스러운 사랑도 몇 개의 문장으로 바꾸어 보존할 수 있다.

소설을 막 완성했을 때에는 소설 쓰기가 너무 재미있어서 사는 것을 미뤄두고 소설만 쓰고 싶다고 생각했다. 이러한 상황에서는 다음과 같은 부등식이 성립한다.

삶 < 소설

그런데 사실 계속 소설을 쓰는 이유는 아무리 써도 넘치는 이미지들을 잘 모아두기 위해서이고, 이 이미지들은 다른 곳

이 아닌 삶에서 마주친 것이다. 다시 말하면

삶 < 소설 < 삶에서 마주친 이미지

이렇게 부등식의 항목을 하나 추가할 수 있다.

삶의 대부분은 통째로 지나가버리고, 슬픔과 죽음이 도사리고 있어 무섭지만, 분명히 빛나고 영혼의 지형을 바꾸는 이미지를 마주치는 순간들이 있다.

과거와 미래를 잘 후벼파보면 광채가 나는 이미지들을 곳곳에서 알아볼 수 있다.

이미지는 삶 곳곳에 뚫린 구멍처럼 낯선 빛을 내뿜고 있어 쉽게 알아볼 수 있다.

이런 이미지의 가장자리를 맴도는 것이 언어이다. 이미지가 가장자리를 만들고 언어로 맴돌게 한다. 이미지들은 자꾸 삶을 그 가장자리로 끌어들인다. 이미지들은 글로 바꾸어도 결코 완전히 해소할 수 없기 때문에 끊임없이 소설을 쓰게 한다.

여기서 문장이 등장한다.

삶에서 이미지를 마주쳤듯이 문장이 소설을 데리고 등장한다.

문장은 정확성으로 이미지를 상대한다.

이미지 주변을 맴돌기 위해 동원된 것이 아니라 문장 자체의 정확성으로. 이미지를 서술하는 글은 무한히 다르게 쓰일 수 있지만 문장은 그 자체의 문자들로 정확하게 고정된다. 대체될 수 없는 형태로 정지하고 보존되고 반복된다. 문장 자체가 무한한 의미와 이미지를 다시 불러들인다.

부등식은 풀어헤쳐지고 서로를 향해가는 관계로 다시 정리된다.

$$\text{삶} \rightleftarrows (\text{이미지} \rightleftarrows \text{문장}) \rightleftarrows \text{소설}$$

이미지 혹은 문장이라는 단어 자체의 불가해함이 삶에서 소설로 이동하는 과정의 블랙박스를 떠안고 있다.

항목들 사이에 자리 잡은 양방향의 화살표는 이러한 불가사의를 단순한 기호 위에 납작하게 눌러 잠시 고정시킨다.

이 화살표들은 서로를 향해 있지만 언제나 서로의 중심에 도달하지 못하고 어긋난다.

이 빗겨나감이 각자의 영원성을 추동하는 원동력이다.

도착할 수 없는 곳을 향해 계속 가기.

이미지와 문장은 두 종류의 다른 영원성이다.

이미지와 문장들을 잘 모아놓기 위해 소설을 쓴다.

덩치가 큰 것이 힘이 세기 때문에. 서사와 등장인물은 이미지와 문장들을 붙여놓는 풀의 역할을 담당한다. 혹은 그들도 나처럼 이미지와 문장들을 난간처럼 붙잡고 살아 있다.

"이미지와 문장을 위해 사는 사람"이라는 소개글처럼. 정지해 있는 영원성들 사이에 삶이 끼어 있다.

제3회 문윤성 SF 문학상
중단편 부문 심사평

문윤성 SF 문학상은 올해 3회차를 맞이했다. 많은 공모전이 3년째에 일종의 고비를 맞이하는 만큼, 심사위원들이 심사에 임하는 마음도 각별했다. 우려했던 일과 우려를 상쇄하는 일이 동시에 일어난 한 해이기도 했다. 투고 일정을 앞당기는 등 여러 요인으로 지난해보다 응모작의 수가 줄어들었으나, 다행히 이번에도 독자들에게 기쁘게 소개하고 싶은 빛나는 작품들을 발견할 수 있었다. 특히 중단편 부문에서는 그간 국내 SF에서 자주 보였던 스타일뿐만 아니라 독특한 개성을 지닌 작품들을 여럿 접하는 기쁨이 있었다.

중단편 대상작 〈물의 폐〉는 만장일치로 대상에 선정된 작품이다. 호수처럼 잔잔하면서도 그 안을 들여다보고 싶게 하는 이야기의 흐름, 읽는 사람의 마음에 아름다운 풍경을 떠오르게 만드는 서정적인 문장의 힘이 압도적이었다. 우수상 〈올림픽공원 산책지침〉은 누군가 들려주는 괴담 같은 도입부에 휙 이끌려 이야기를 따라가다 보면 어느새 마음이 밝아지는 산뜻한 이야기였다. 〈러브 앤 피스〉와 〈나와 나의 로봇 개와 너〉는 둘 다 실험적인 전개 혹은 구성이 돋보이는, 낯설지만 무척 매력 있는 소설들이다. 국내 SF의 넓어진 스펙트럼을 소개할 때 이 작품들을 맨 앞에 두고 싶다. 〈도서관 신화〉는 마치 인공지능의 의식의 흐름을 따라가는 듯한 다소 숨찬 재미가 있었다. 시작과 끝이 꼬리를 물고 반복된다는 SF의 고전적인 테마 중 하나를 작가만의 스타일로 잘 해석한 소설이다.

— **김초엽**, 소설가

여전히 너무나 많은 작가분들이 엄청난 에너지를 쏟아 새로운 글을 쓰고 있다는 사실에 새삼스럽게 놀랐다. 몇몇 경계를 아슬아슬 넘나드는 작품들을 보며 SF 문학이라는 단어의 영역이 조금씩 넓어지는 느낌도 받았다.

중단편 부문 응모작들은 장편보다 더 다양하고 자유로운 주제와 형식으로 눈길을 끌었다. 대상작인 〈물의 폐〉는 이견이 없는 수작이었다. 마음속으로 김초엽스러움이라는 은근한 형용사가 떠올랐다. 우수상인 〈올림픽공원 산책지침〉은 뻔뻔

하고 유쾌한 시간여행물로서 영상화를 고려할 때 가장 적합하다는 공감대가 있었다.

〈러브 앤 피스〉는 무생물의 생물화라는 기발한 발상으로 상상력이 돋보이는 우화였다. 예전 베르베르의 단편을 연상시켰다. 〈나와 나의 로봇개와 너〉는 세미 논문 같은 독특한 형식미를 갖춘 실험적인 작품인데, 끝까지 궁금함을 자극했다. 〈도서관 신화〉는 도서관이 품고 있는 환상의 여행지 속성이 광활한 세계관 속에 펼쳐진다.

— **민규동**, 영화감독

제3회 문윤성 SF 문학상에서 장편과 단편 모두에서 수상작을 내게 되어 기쁜 마음이다. SF라는 장르로 무엇을 할 수 있는지, 어떤 이야기의 장이 될 수 있는지, 다양한 시도를 한 작품들이 눈에 띄었다. 다만 인공지능과 마인드 업로딩, 로봇을 비롯해 SF에서 익숙하게 볼 수 있는 설정을 바탕으로 이야기를 풀어낼 때, 풍성하게 창작된 한국 SF소설들이 이미 보여준 다양한 시도들에 대한 이해를 바탕으로 한다면 참신함도 완성도도 더 뛰어난 작품들이 많아지리라는 판단이 들기도 했다. 창작되는 SF 작품이 많아질수록, 장르에 대한 애호와 성실한 학습이 오히려 새로움으로 가는 열쇠일 수도 있겠다.

중단편 부문 대상에 선정된 〈물의 폐〉는 상실과 노스탤지어의 정서를 차분하게 풀어낸 수작이다. SF가 아득한 과거, 혹은 그리운 미래를 재현하는 방식은 이제 놀라운 것은 아니지만, 그럼에도 불구하고 여전히 읽는 이의 시선을 잡아끄는 매력을 가지고 있는 이야기들이 이러한 분위기를 지니고 태어난다.

— 이다혜, 작가 〈씨네21〉 기자

2023 ● 제3회

문·윤·성 SF 문학상
중단편 수상작품집

초판 1쇄 발행   2023년 10월 15일

지은이   지동섭, 짐리원, 고하나, 임민규, 민세원
펴낸이   박은주
디자인   김선예, 이수정
마케팅   박동준

발행처   (주)아작
등록   2015년 9월 9일 (제2023-000057호)
주소   07236 서울특별시 영등포구 의사당대로 38 102동 1309호
전화   02.324.3945-6   **팩스** 02.324.3947
이메일   arzaklivres@gmail.com
홈페이지 www.arzak.co.kr

ISBN   979-11-6668-746-4 03810